青春诗迹

许江　著

国文出版社
·北京·

图书在版编目（CIP）数据

青春诗迹 ／ 许江著 . —— 北京 ：国文出版社，2024.
ISBN 978-7-5125-1751-6

Ⅰ. I227.2

中国国家版本馆 CIP 数据核字第 2024Q45B83 号

青春诗迹

作　者	许　江
责任编辑	苗　雨
策　划	凌　翔
责任校对	陈一文
装帧设计	金雪斌
出版发行	国文出版社
经　销	全国新华书店
印　刷	北京鑫瑞兴印刷有限公司
开　本	787毫米×1092毫米　　　16开
	18.75印张　　　200千字
版　次	2025年1月第1版
	2025年1月第1次印刷
书　号	ISBN 978-7-5125-1751-6
定　价	89.80元

国文出版社
北京市朝阳区东土城路乙 9 号　　邮编：100013
总编室：（010）64270995　　传真：（010）64270995
销售热线：（010）64271187
传真：（010）64271187-800
E-mail：icpc@95777.sina.net

代　序

寻找生活的色彩

◇ 凌　翔

　　首先我要祝贺作者许江的第一部诗集《在文字里朝圣》出版后，在山城重庆的新书发布及诗歌朗诵会取得圆满的成功。长风破浪会有时，直挂云帆济沧海。我们有理由相信，许江的这部新诗集《青春诗迹》一定会引起更多关注。这是一本汇聚作者深邃思考和无尽情感的诗集。诗集以人文为基调，涉及人性、历史与自然。书名《青春诗迹》，寓含了作者对青春的回望和对人性的深度探索。

　　这部诗集中的青春色彩，缤纷多姿，犹如一道道精神的光芒，在诗集的字里行间熠熠生辉。可以这么说，诗人的每一种感悟都是一种不同的色彩，都有一种特定的情感象征，都有一种独特的思考方式，最终表达的是作者对生活的独特感悟。读者朋友们可以通过这些色彩，窥见作者内心深处的斑斓世界，体验他对人性的洞察和对生活的热爱。

　　信仰是一个人内心深处的振动，是一个人借以理解生活、理解世界的重要色彩。在诗集《青春诗迹》中，我们发现，诗人的"信仰"是对生活、对人性、对历史、对自然的深深敬畏和尊重，涵盖了人的精神生活，也包括了人对自然界的敬畏。在诗人的笔下，信仰并非抽象的、遥不可及的，而是具体的、贴近个人生活的。

　　诗集中的诗篇，像早晨刚刚从山谷里、大海上升起的太阳的光芒，不仅照亮了我们的生活，也照亮了我们的心灵。它们照在一望无际的海面上，处处波光粼粼；照在人性深处，则显得沉稳持重。阅读这些诗篇，我们能够从中体验到生活的色彩，感受到人性的温度，也在思考中找到生活的意义。

我曾反复阅读这本诗集，每次阅读都像是在五光十色的海洋中航行，都有一种新的体验，一种新的理解。可以这样说，每阅读一次，我的心灵都仿佛经受一次洗礼，让我重新认识自己，重新理解生活。

总的来说，《青春诗迹》是一本深入人心的诗集。它以色彩为语言，以信仰为视角，展现了一个丰富而广阔的精神世界。我相信，无论你是一位诗歌爱好者，还是一位对人性、生活有深度思考的读者，都会在这本诗集中找到共鸣，找到打动你心灵的鼓点，进而感受到生活的色彩和信仰的力量。

最后，我要说，我要感谢诗人，感谢诗人不经意间的精彩创作。他让我们的世界因为这些诗篇而变得更加丰富和深邃。我也要感谢每一位读者，是你的支持，让这些诗篇得以传播，让我们的思考得以共鸣。总之，我希望读者朋友们在阅读《青春诗迹》的过程中，能够找到自己的信仰，找到生活的色彩，找到自己的才华，进而在复杂的社会大舞台上，享受快乐。

（凌翔，高级编辑，曾任《解放军报》主编，曾被原中国人民解放军总政治部聘为军事百科编审组成员及军区军兵种好新闻评委。）

一颗诗心，足以抵御尘世风雨

◇ 程 华

谈及为许江诗集写序，我十分惶恐。我根本不具备为别人作品写序的资格与资历。何况，对诗歌我几无研究更无实际创作经验，哪能为一本诗集作序？

但许江有足够的耐心与涵养。断断续续几个月"拉锯战"的结果，是我们"各让一步"：我聊聊对《青春诗迹》的读后感。

这里须荡开一笔，讲讲诗集作者许江。认识许江，是在2023年重庆市文联、重庆文学院开办的非虚构写作高研班上。在来自各行业各区县作协的学员中，热情又温文的许江深得大家认可，于是得以了解到他的些许轨迹：江苏淮安人，陆军指挥院校毕业，从原成都军区某部副参谋长任上转业，如今供职于渝中区政府某部门，业余时间坚持写诗，已出版诗集《在文字里朝圣》。

打开电子版《青春诗迹》，我注意到一些独特之处：首先，诗集以色彩为名分四个板块：第一"中国红"，主写血脉与情怀；第二"橄榄绿"，主写军旅与坚守；第三"梧华黄"，主写山水与年华；第四"青花蓝"，主写生活、诗与远方。从这里足见作者心思的细腻感性。

我相信，这是作者为便于读者阅读，按照书写题材、内容所做的一种梳理与划分。其实通览全书不难发现，国事、军旅、乡愁、当下生活题材占据了诗集的绝大部分。最突出的一点，也是整个诗集的精神内核，是始终贯穿、激荡、萦回其间的一股气韵：爱国、爱家、爱故乡淮安，也爱第二故乡重庆，爱所有美好的人与风景，包括一朵花、一箪食、一丝风一样的眼神。这种爱，不是伤春悲秋式的顾影自怜，不是小桥流水般的呓语轻愁，而是充满热血的一腔柔肠，充满阳刚之气的歌咏。诗集中出现数次的"七月"，我相信"七月"不仅仅是一个时间概念，更是一个巧妙的意象（请原谅我贸然用了这个与诗歌联结紧密的词汇）。在"七月"的映照下，诗集整体文本的基调中，凸显着哀而不伤的明亮质感与温暖力量。

随着更多地了解了许江，听了他看似沉静实则心潮起伏的讲述，我才渐渐明白了这个代表温暖、光芒、活力的词汇从何而来。2008年5月12日汶川地震后，许江所在的部队立即奉命赶赴震区执行抢险救援任务。惨不忍睹的灾难现场，军民齐心舍命营救的感人事迹，拼尽全力却只能眼睁睁看着生命在瓦砾中逝去的痛楚与无奈，许多人一辈子都不曾见过经历过的悲怆、激昂与震撼，让无数原本坚强的人涕泗横流，让包括许江在内的抢险者内心受到了极大冲击。

从那年开始，在部队一直任军事干部、常年与冷硬的枪械为伍的许江开始提笔写诗。他发现，每当陷入一种低迷、困惑之际，抒写能令他舒缓、平和并慢慢走出情绪的沼泽。他选择了诗歌这种语言优美而高度凝练的文学体裁。"许多的心情，都能由诗歌去表达；许多的不可言说，都能通过写诗去舒缓。"

于是，生活中许多的当下与过往，都以诗的形式流淌在笔端。尤为值得欣赏的是，无论经历过怎样的失落与忧伤，在许江笔下，永远激荡着对生活的热爱、对过去的回望、对眼前的珍惜、对未来的憧憬。因为心是柔润而温热的，所以他的诗始终不乏悲悯与深情，更充溢着昂扬向上的力量。

记不得哪位大家说过（大意），我们不一定都成为诗人，但我们内心一定要有诗意，要有一颗善感而善良的诗心。我想，许江做到了。这就足够了。

（程华，中国作家协会会员、重庆文学院第四届创作员、重庆市公安作协副主席。）

心有山海，静而不争

——贺许江先生新书《青春诗迹》付梓

◇ 男孩儿

许江先生的诗集《青春诗迹》行将付梓。蒙先生抬爱，我且以读者之名浅谈一二，以表祝贺及对诗人"致广大而尽精微"的作诗态度与诗学精神的极大敬佩。

阅读了这本名为《青春诗迹》的诗集后，我首先感受到一份沉重。这部"以信仰之光照亮前行之路"的诗集，但愿来得不算太迟，也希望能够引起更多人的共鸣。

《青春诗迹》是许江先生继《在文字里朝圣》之后的第二部诗集。其创作足迹遍布了大江南北，时空的元素穿插其中，于或隐或现间直抵灵魂的深处与缺口。

我知道，许江曾经在部队服役多年。他说：边关是异乡的归宿，温暖而孤独，静谧而肃穆。

许江有很多个人对世界的看法。比如说，关于平凡，他认为："七月的阳光洒满大街小巷……在这个寻常的日子里，我却感受到了别样的光芒。"又比如，关于自由，他说："有趣的灵魂，如风般自由。"再比如，关于浪漫，他说："如果思念可以变身，我愿化作时间，停下它的脚步。"

此外，关于爱情，他说："你守国，我守家，这是我们的誓言。"

对世界，他有很多看法。他在诗中谈论过军旅，谈论过平凡，还谈论过自由和浪漫，更谈论过人类最关心的一个字：爱！诗人告诉我，爱是人类存在的根本，而信仰，则是一个民族强大的力量。

诗歌，是最精致的语言艺术。打开这本诗集，一卷"语语着色，字字闪光"的诗章自此开篇。在许江先生的视角下，"彩色"的语言不再是现实生活的简单刻本，而成为一种超越现实的艺术传达。诗通过色块、音韵与意境，给疲惫的人以治愈，给痊愈的人以力量，给有力量的人以回响，从而展示人性的复杂与美丽，体现诗歌的艺术性和写实性。这是作者关于诗歌、关于文字空间的独特感悟与美学坚守。

许江先生本人不喜欢鲜艳的东西。他认为，诗歌中原本就自带山水。打开这本诗集，正如走到了瓦尔登湖畔的康科德草甸，蓊郁的风光跃上心头："没有比这里更广阔的田野，按照你的天性无拘无束地生长，就像这些莎草和蕨属植物一样。"

旧年匆匆，曾有幸与许江先生在北京重聚。老友会面，终归是"一池风皱，落花满袖"……不知不觉间忆起往昔的戍边生活时，先生眼含热泪，一脸豪气、坦然。我隐约被触动，流转在指缝的光阴似乎被一寸一寸地挽回，冥冥中对"低到尘埃，开出花来"有了新的理解。那些动人的曾经，如岩中花树，最热烈也最无瑕。

许江先生是在诗歌中作画的人。他的诗，远观是冷色，近看是暖调，正如历尽沧桑的少年在冰冷与慈悲中越发明亮。

且听江吟，热血温凉，澎湃悲情；千回百转，人间世相。

这是一个沉睡而充满觉醒的年代。许江先生正是隐藏于文字之后的诗人。他生活在树上，却永远朝向云端。他的诗句很短，很美。如阅尽繁华，一生繁花。之所以这样说，是因为许江先生的诗作里流淌着土地之上的自由，就像一生居无定所、四海为家的牧人——他们骑上马就带着全部家当出发，下了马放下家当便是家。这种自由是生命自下而上的轻盈，是根深蒂固植根于基因里的。一个人，一首诗，便是一座城。城市里，灰绒羽般的云朵高悬在天空。草叶像一条绿色的长丝带，从孤寂的麦田上流入寒冬。

如果你从全世界路过，请来这里坐坐。你终会明白，色彩不只是视觉印象，而是精神漂移的沉浸。我不敢说，这部诗集具有多高的文学造诣，抑或多么不同凡响，但我笃定，不论再过多少年，每当人们轻吟一二句诗集中的文字，都会在句与句的碰撞间看到一个鲜活的生命——他安静的一面，他在渴望平凡的时候，内心的信仰与虔诚。

一生中，总有一帧色彩，是着给自己看的。一山的雪，一笺的诗，也只是写给自己，写给每一个相似的灵魂。如此说来，诗歌需要读者，但诗从不缺少读者。在瞬息万变的时代，我听到，有一个渔夫，自喧嚣的海上归来，又皈依于海，在礁石中央站成一道永恒。

我想，这儿，便是青春的诗迹，便是信仰的颜色。

（男孩儿，原名王志娇，中国社会科学院大学在读博士。）

目 录

第二辑　橄榄绿·军旅与坚守

第三辑　梧华黄·山水与年华

第四辑　青花蓝·生活、诗与远方

第一辑

中国红·血脉与情怀

红岩精神　永放光芒

在历史的洪流中　红岩精神矗立
那是我们的骄傲　那是我们的力量
伟大的民族精神　燃烧着烈焰
革命的英雄主义　铸就了不朽的辉煌

红岩　那是热血的颜色
如同朝霞　照亮了黎明的天空
奋斗　奉献　我们以红岩为荣
传承　发扬　我们将红岩精神永传

在岁月的长河中　红岩精神砥砺前行
经受风雨洗礼　却更显灿烂光辉
它是一座灯塔　照亮我们的道路
引领我们走向未来　为梦想披荆斩棘

红岩精神　是忠诚与坚定的象征
闪耀着信仰的光芒　指引我们前行
它是我们的灵魂　我们的力量
在民族复兴的道路上　铸就新时代的辉煌

让我们高举红岩精神的火炬
燃烧青春的激情　照亮前行的道路
在新的时代　勇往直前
用行动诠释红岩精神的真谛

红岩精神永放光芒
照亮我们的道路　引领我们前行
让我们肩负起历史的使命
在伟大的复兴之路上　砥砺前行

红岩囚

红岩上的人影稀疏
风声如歌　唱着囚徒的苦楚
铁网交织　困住自由的羽翼
心在悬崖　身陷囹圄

星光被高墙遮挡
月色也染上了铁锈的忧伤
夜莺的歌声　在远处回荡
唤醒沉睡者　催人泪下

岩壁上的痕迹斑驳
是岁月的烙印　还是自由的呼唤
囚徒的梦　在夜的深处游走
寻找那片　未曾抵达的蓝天

铁链的声响　如心跳的节奏
在寂静中回荡　撞击着灵魂
红岩囚　载入伟大光辉的史册
讲述着不屈

红岩魂

在历史的深处　有一段记忆
被红岩见证　镌刻着英勇与忠诚
那是前辈们用血肉之躯
为民族谱写的壮丽篇章

红岩　是你不屈的象征
是你在风雨中傲然挺立的信仰
它见证了岁月的流转
见证了无数英雄的诞生

那些在黑暗中砥砺前行
为理想燃烧生命的勇者
他们的名字　如同红岩一样
永远刻在我们的心田

红岩　你是不朽的精神
是我们在困境中的力量
无论风雨如何洗礼
你的魂魄始终熠熠生辉

我们是时代的传承者
肩负着红岩精神的使命
让我们把这份坚韧与无私
融入我们的生命

红岩　你的魂魄如磐石般坚定
引领我们走向光明的未来
让我们用心去感受这份力量
让这份红岩魂　代代相传　永存人间

华子良

题记：

    华子良是长篇小说《红岩》中的英雄人物，地下党工人运动领导，在国民党集中营中忍辱负重，巧妙周旋，英勇机智地帮助同志完成了越狱计划，自己从容就义。

在历史的尘封中
华子良
你的故事
如烈火般燃烧在我心上

你曾是那黑暗中的一道光
在囚笼中　你坚守着希望
每一个脚印
都烙印着不屈与坚强

你用信念编织成翅膀
在无尽的夜空飞翔
那风中的低语
是自由的呼唤　是革命的歌唱

你走过千山万水
只为那一缕曙光的绽放
在苦难与困厄中
你始终保持着那份纯真与善良

华子良　你是我心中的英雄
你的故事　如诗如歌　永世传颂
在每一个黎明与黄昏
我都能感受到你坚韧不屈的力量

鑫记杂货店

题记：

  鑫记杂货店是渣滓洞白公馆难友们与外界交换信息的主要窗口，是当时重庆市沙磁区地下党的重要秘密联络点之一。小说《红岩》中华子良的原型韩子栋，就在鑫记杂货店与地下党联络，递送了很多珍贵的情报。

宝轮寺的钟声
敲响了沙磁巷尘封已久的记忆
半夜更夫的吆喝声和铜锣声
仿佛在向鑫记杂货店里的人
传递着什么
嘉陵江的波涛
回应着这里每一寸热土
衣衫褴褛的华子良藏在这山坳中
听　渣滓洞的枪声……

鑫记杂货店附近的特务们
佯装镇定　秘密监视
街上人头攒动
汹涌的嘉陵江波涛
是否也在为地下党的同志们击鼓……

嘉陵江边的那个洞口
一定还记得那场惨烈的斗争

你看　那坚硬的岩石上
还浸染着烈士的鲜血

沙磁巷的每一块青石灰瓦
都刻骨铭心地记录着难友们的呐喊
即便是锉骨扬灰
也消磨不了坚贞的革命意志
任凭硝烟四起　尘土飞扬
民族的脊梁　顶天立地……

鑫记杂货店
除了先烈的英勇传奇
还有
曾经驻扎在这里的信仰
在坚定　坚信　坚持　坚守

拿起刀枪干一场

——情景剧《红色特工张露萍》观后感

题记：

"红色特工"是一个特殊的名词，指代新中国成立前我军打入敌人内部的地下党员。他们在情报战线上发挥了重大作用。尤其是在解放战争时期，我军在战场上以少胜多击败国民党军队，离不开情报战线的贡献。正因为关于敌人军事部署的大量情报被秘密传送到我军中枢机关，各野战军才能够在不同战区节节胜利，加速了全国解放进程。

张露萍（1921年—1945年），1921年生于四川省崇庆县（现崇州市），原名余家英，以张露萍之名潜伏在国民党军统内部。1937年冬，张露萍在中共党员车耀先的帮助下，前往延安追寻理想和光明。让张露萍和车耀先意外的是，仅仅两年后的春天，同是中共地下党员的两人均被捕。两人再次见面时，已是在军统息烽监狱里。

观看讲述张露萍事迹的情景剧后，特写一首新诗缅怀张露萍先烈，先烈精神永垂不朽。

逝去的光阴　恍如昨日
你从延安来　背负着信仰之光
你宛如一束光　照亮了白色恐怖下的黑暗
你又宛如一朵荷花　游浮在国统区每一个角落
你巧妙地化身　迷惑了特务们的双眼　把一份份情报
传送到中共南方局　为解放全中国贡献自己微弱的光亮

曾家岩50号的巷口

让你步履维艰
为了同志们的安危
你大义凛然放下了儿女情长
迎面走来的就是你新婚宴尔的丈夫啊
多么想上前拥抱自己心爱的人
多么想偎依在丈夫的怀抱里撒撒娇
可特务们的盯梢　让你选择了陌路

你做出了"三过家门而不入"的抉择
歌乐山的风涌动着　嘉陵江的水流淌着
渣滓洞的血雨腥风你早已过目
朝天门码头的狂风巨浪你早已领教

唯有　那记忆中长长的巷口
接头的人　没有再出现
异常的幽静
让你只能把情报化作一幅烟雨朦胧的水墨画卷……
你轻吟浅唱着
你最喜欢的歌《拿起刀枪干一场》
步履轻盈地寻觅战友的踪迹

你说
为了解放　为了自由　为了新中国
甘愿踏上这趟沧桑的信仰之旅
你期盼着取得胜利的那一天
你和同志们蹚过黑夜　换来了曙光
如今山河无恙　盛世繁华　如你所愿

红色的追忆

重游磁器口
循着先烈们的脚步　寻找岁月的遗留
感受人潮的环绕　聆听嘉陵江的倾诉
追寻英雄视死如归的壮歌

听　船桨击水的浪涛
看　如血的夕阳染红了后街的山岗
原沙磁巷区委每一个跳跃在眼前火红火红的字
仿佛都在闪烁着　历史足迹的光芒……

寻觅　那记忆中的锈迹斑驳
后街深巷的繁华里
也能嗅出曾经弥漫的滚滚硝烟
后街深巷的冷清里
也能体会到战火蔓延的炙热

在磁器口后街　那尘封的马灯里
闪烁的不仅仅是燎原的火种
还有同志们
不屈不挠的精神和视死如归的忠魂

在脚下　这片泥土里
忠魂与青山做伴　与日月同辉
人民会永远铭记　永驻史册　永远辉煌

巍巍歌乐颂

巍峨壮丽的歌乐山
你以红色点燃热土
你以红旗映着朝霞
十月胜利的炮声
响彻苍穹
中华民族从此挺直了脊梁

巍峨壮丽的歌乐山
你曾有内忧外患的沧桑
你见证山城人民砥砺前行的激昂
你犹如晨曦中如血的朝阳
你是诗人笔下神奇的篇章
大轰炸摧毁不了你骨子里的刚毅
灾害击不垮你的坚韧与刚强

巍峨壮丽的歌乐山
你穿过历史的时空
依旧用深情催促春天绽放
你光辉璀璨的一页
书写着跨时代的传承
渣滓洞景区的松柏和翠柳
透着先烈们护佑下的安乐与繁荣
酝酿着你飞速发展的生机勃勃
滔滔嘉陵江

诉不尽你往昔沧桑岁月的蹉跎
茫茫山巅
望不断你依旧傲然挺拔与葱茏

巍峨壮丽的歌乐山
紧跟时代的步伐
贴近跨越式发展的脉搏
迈进阳光灿烂的季节
漫步在蜿蜒盘旋的山间小路上
俯瞰山脚林立的高楼
极目远眺景区穿梭的车辆
还有这里驻足的笑颜如花的人们
这一切都昭示着
巍巍歌乐厚重的历史承载

壮美伟岸的歌乐山啊
承载着先烈留存的血脉
踏着时代腾飞的祥云
我目睹
火红的旗帜高高飘扬在山巅
我听到
《义勇军进行曲》雄浑的歌声
在壮丽秀美的山城上空激荡

枪响了

——纪念 1949 年重庆 "11·27 大屠杀" 遇难烈士

枪响了
宁可站着死　不可跪着生
任由沉重的铁镣拴住双脚
却拴不住胜利的曙光与自由

枪响了
那是迎接革命胜利的礼炮
任由你面目狰狞把皮鞭举得高高
我的信仰　何曾惧怕屈服

枪响了
那是歌乐山下的一首首悲壮凯歌
任由烧红的烙铁在我身上烙烫
为了新中国的成立　死亡又算什么

枪响了
那是刽子手们的屠刀在号叫
任由你把辣椒水灌进我的喉咙
我却放声大笑

枪响了
那是天安门城楼上庄严的宣告

任由你摆弄老虎凳和杠上的铁镣
我心中的五星红旗早已高高在飘

枪响了
哪怕流尽最后一滴鲜血
任由你把竹签扎进我的胸膛
蒋家王朝必亡　中国共产党万岁

歌乐山之声

——纪念 1949 年重庆 "11·27 大屠杀" 遇难烈士

巍巍歌乐山在星空下
我在这风景里沉思

面对白公馆的屠刀
囚禁在白公馆和渣滓洞的革命者没有畏惧
三百多位勇士一起用热血捧出新的太阳
他们用倔强的身影殉了自己的信仰
他们并不孤独
他们挺起胸膛
在寻找自己当初的样子

我走近江竹筠烈士的雕像
刚看清她清秀且不屈的容颜
她便化为一阵旋风
留下惊天地泣鬼神的气概

我仿佛听到了南岸传来的炮声
但这胜利的号角让敌人更加丧心病狂
甚至连年仅八岁的 "小萝卜头" 也不放过

我久久停驻在歌乐山烈士群像前
看那未曾散尽的硝烟

听那浩然正气的《红梅赞》
不惧三九严寒
脚踩千里冰霜
舍小我成大我
香飘云天外

我翻山越岭来到歌乐山
只为聆听你们不屈的声音
聆听这朴实婉转而又高亢坚定的曲调
这声音是你们对祖国母亲的忠诚独白
这曲调是你们对祖国母亲的铮铮誓言

巍巍歌乐山如此壮丽多娇
是你让我从未迷失方向
是你让坚定信仰勇往直前
我们一定会做出足以告慰先烈的成绩
让烈士在九泉之下为新中国而欢呼

纪念屈原

题记：

　　屈原（约公元前340年—公元前278年），芈姓，屈氏，名平，字原，又自云名正则，字灵均，出生于楚国丹阳秭归（今湖北宜昌），战国时期楚国诗人、政治家。楚武王熊通之子屈瑕的后代。少年时受过良好的教育，博闻强识，志向远大。早年受楚怀王信任，任左徒、三闾大夫，兼管内政外交大事。提倡"美政"，主张对内举贤任能，修明法度，对外力主联齐抗秦。因遭贵族排挤诽谤，被先后流放至汉北和沅湘流域。楚国郢都被秦军攻破后，自沉于汨罗江，以身殉楚国。

　　屈原是中国历史上一位伟大的爱国诗人，中国浪漫主义文学的奠基人，"楚辞"的创立者和代表作家，开辟了"香草美人"的传统，被誉为"楚辞之祖"，楚国有名的辞赋家宋玉、唐勒、景差都受到屈原的影响。屈原作品的出现，标志着中国诗歌进入了一个由大雅歌唱到浪漫独创的新时代。

　　其主要作品有《离骚》《九歌》《九章》《天问》等。以屈原作品为主体的《楚辞》是中国浪漫主义文学的源头之一，对后世诗歌产生了深远影响，成为中国文学史上的璀璨明珠，"逸响伟辞，卓绝一世"。"路漫漫其修远兮，吾将上下而求索"，屈原的"求索"精神，成为后世仁人志士所信奉和追求的一种高尚精神。

　　1953年，在屈原逝世2230周年之际，世界和平理事会通过决议，确定屈原为当年纪念的世界四大文化名人之一。

屈原　你的名字如今依旧响彻着大地
你的诗篇　如同一盏明灯照亮着我们前行的路
你的爱国之心　如同一团永不熄灭的火焰

你的忧国忧民之情　如同滔滔江水　永不停歇

你的《离骚》　如同一首史诗　让人们感受到你的悲愤
你的《天问》　如同一首哀歌　让人们感受到你的孤独
你的精神　如同一面旗帜　激励着我们前行
你的思想　如同一座高山　立在我们心中

屈原　你的名字　如今依旧响彻大地
你的诗篇　如同一首华美的乐章永远流传
你的爱国之心　如同一颗永不熄灭的星星
你的忧国忧民之情　如同一股永不停歇的力量

烽火山城

笛悲鸣
空袭警报惊故人

断续时
弹雨如注土成泥

血肉飞
河山杂沓试凭栏

饥啼哭
死去魂犹作鬼雄

血染城
痛哭狂歌恸断肠

倭寇侵
恰把人间变地狱

斩倭寇
血债终须血债偿

国耻殇
回首往昔切莫忘

翻身农奴把歌唱

——庆祝西藏和平解放七十周年

七十年前

在那个漆黑的夜里

金珠玛米[1]把黎明叫醒

汉藏同胞曾经

团结一心抗击外来侵略

誓死保卫心中的布达拉宫

红河谷的英勇决斗

血染雅鲁藏布江

江孜宗堡那可歌可泣的抗英战斗

让敌人尸横遍野

……

如今

我们高唱《唱支山歌给党听》

今天我们高举酒杯

怀揣希望与信仰

点燃今夜湛蓝的星辰

今天我们尽情载歌载舞

我们高唱《翻身农奴把歌唱》

---

[1] 金珠玛米：藏语"解放军"。

鏖战长津湖（组诗）

题记：

　　1950年10月25日，中国人民志愿军打响入朝后的第一次战役，以光荣的胜利拉开了伟大的抗美援朝战争的帷幕。长津湖战役是抗美援朝战争第二次战役中发生在长津湖地区的一场战役。这次战役，志愿军在东西两线同时大捷，一举扭转了战场态势，收复了"三八线"以北的东部广大地区，成为抗美援朝战争的拐点，为最终到来的停战谈判奠定了胜利基础。

长津湖的风雪

长津湖的风雪
用一百二十五颗热血澎湃的心脏
去捍卫的冬天
他还是一个十九岁的孩子
用信念筑成了不可复制的战场
长津湖的风雪
刺骨冰彻却吓不倒正义之躯
手握钢枪保持冲锋的姿势
匍匐中的眼神充满了杀气
宁可向前十步死
绝不后退半步生
长津湖的风雪

淹没了你期盼已久的金达莱花开
今夜你没有说一句话
却在心里和牵挂的亲人道别
再见　我的祖国
再见　我的挚爱
长津湖的风雪
今晚一刻也没有停止
冰凌围困住了岩石般的脸庞
胡须和眉毛都长了冰凌刺
眼珠子却瞪着像铜铃
长津湖的风雪
像刀绞一样扎进每一根神经末梢
雪花凝住了我的呼吸
彻骨的寒冷凝固了我的心跳
可无法改变
我胸怀遥远祖国的方向
长津湖的风雪
简直就是一把无比锋利的冰雪之刀
雕刻出一个伟大的永恒时刻
雕刻出胜利者的微笑
雕刻出让侵略者望而生畏的姿态

长津湖的那一夜

整个山谷
只有风在回荡
不　是怒吼更像是夜在哭泣

雪花悲鸣

任由肆虐寒风的摆布

帽檐和枪口的冰凌的温度

只有手心和怀里的体温才知道

在这格外漫长的黑夜里

没有忘记来时的路

思绪的翅膀

穿梭在鸭绿江的两岸

好想投入祖国温暖的怀抱

猫头鹰藏在黑夜的枝头

蜷缩着头颅在呼唤

把长津湖的黑夜叫得凄凄惨惨

阵地上铺满了皑皑的积雪

我只能竖起耳朵睁大眼睛窥探

长津湖里的鱼儿也猫在水底

在聆听　在注视　在观察　在匍匐

侵略者的铁蹄　胆敢上前一步

正义的子弹必从胸腔的怒火中击发

那一夜

我闻到了一缕淡淡的金达莱花香

熏染着长津湖湿地的芬芳

定格成一幅史上最美的冰雕容颜

无怨无悔

只为我身后的祖国安宁

长津湖伏击战

十月

长津湖畔的雪花

一刻也没停过

雨夹雪雪夹冰

更像冰刀插入战士们单薄的军衣

漆黑的夜扼杀了白昼

待最后一缕光芒消散在天际

静待刀光剑影血洒在掌心

等不及金达莱绽放

伤痕累累的灵魂

却找不到归来的路

倒在了异国他乡的土地上

山谷间没了声响风却呼啸而过

全体将士目不转睛全神贯注

雪花伴着冰滴冰冰冰

军鼓息声

七十年后的今天

中华儿女向你们鞠躬致礼

为你们举起归乡的明灯

照亮你们前行的路

祖国已派出专机接你们回家

愿你们把手心中最后一抹温暖

留给长津湖畔的金达莱花

观电影《跨过鸭绿江》（组诗）

题记：

　　1950年冬，侵朝"联合国军"制定了"圣诞节总攻势"作战计划，疯狂北犯。中国人民志愿军，在彭德怀总司令员的指挥下，发起了第二次战役。在西线，我军某师先是大踏步北撤，将追敌美国第八集团军十万余人，诱至我军的"口袋阵"中；然后，突然回师，猛插敌后，切断了敌人的退路。敌人仓皇回逃，与我军在三所里、龙源里一线展开了激战。我军指战员奋勇杀敌，浴血苦战，使敌人寸步难行，共毙伤俘敌3000余人，取得了震惊中外的巨大胜利，为中朝两国人民建立了不朽的功勋。

血染三所里

夜幕低垂难掩天空的悲壮
血染三所里的先烈怎么能被遗忘
"志司"的命令　如闪电的光芒
照亮三十八军将士的脸庞

十四小时奔袭七十公里直抵龙源里
以每秒两米的速度
创造史上最快速度穿插行军的战例
致敬啊　——三师的将士们

饥无食　寒无衣
你们匍匐在零下三十度的战壕里
没有一句牢骚　没有一句怨言
只因心中装有祖国的温度

你们牢记团长的叮嘱
"困了千万不能睡　就拉拉枪栓
"饿了就抿抿　把冻成石头的土豆放在腋窝里焐到明天再试试"
致敬啊　你们才是真正可爱的人

三所里的方寸土地　都铭记着冲锋的号角
金达莱盛开的地方　未曾掩埋你们的热血与辉煌
侵略者的哀嚎回响在历史的云霄
三所里的硝烟换来了世界和平
祖国和人民永远铭记你们的功勋

中国人民志愿军万岁
中国人民志愿军第三十八军万岁

横扫铁原城

铁原城啊
志愿军的后勤补给中转站
每一片残砖都在燃烧　每一块碎瓦都在喷火
你们凝聚成闪电和火焰的形状
子弹打光了　就用白刃对抗敌坦克
刀刃崩卷了　就用愤怒的胸膛堵住机枪的火舌

破草鞋　饥饿肠　寒无衣　无给养
戈矛的铿锵　惊天的厮杀和呼号
仍回荡在耳边　英雄何在
唯有我
中华儿女的气节在骨骼里生长

鏖战砥平里

尖叫一般的炮声暗藏着锋利的獠牙
撕扯着砥平里阵地上每寸土
晚霞被撕碎了胸腔也被撕裂了

唯有那一面伤痕累累的红旗
依然伫立在山顶　迎风招展……
不　那更是刀锋划过的印记
更是一种深入骨髓的信念

唯有那一面破壁残垣上的旗帜
浸满了战士们的不屈尊严
天边雪漫残阳
仿佛诉说着生命的尊严
冰铸寒山　铁骨傲风
坚定守护伟大祖国的尊严

满山硝烟烽火　敌人狂飙纵横
只见我英雄志愿军　纵马扬威　含石为粮
用血肉之躯抵挡炮火之猖狂

你倒下的那一刻如山
你站起来的那一刻却如峰
我们不曾忘记你远去的身影
我们守护着你是归来的英雄

生死存亡的关头　你选择了舍身
因为你的心里　想让每一面胜利的旗帜
飘扬在祖国的上空

观电影《长津湖之水门桥》（组诗）

水门桥穿插战斗

炮口的硝烟　震碎下碣隅里的雪花
高低方位增五　密位向右四十五
声嘶力竭的口令　愤怒地冲击着炮膛
冰雪侵袭我的身躯　却无法阻挡冲锋的脚步
夺下水门桥　我的任务
祖国方向的霞光　在我的胸膛燃烧

敌人的炮弹　怎能动摇坚定的信仰
与水门桥阵地共存亡　何惧伤痛　饥肠

甘愿流尽最后一滴血　死守碣隅里战场
有人问道　穿插七连为什么这么坚强
七连回答

　　　没有完不成的任务
　　　没有战胜不了的困难
　　　没有战胜不了的敌人

为了祖国的永远安宁　我们直插敌人的心脏
在所不惜……

水门桥的红围巾 [1]

枝头挂着那条红围巾
是战士们心里的无尽牵挂　也是不竭的力量源泉
在凛冽的寒风中　肆意飞舞　指引方向
迎风绽放出决胜信念的光芒

光秃枯干的枝丫上那一抹红色
是信仰　是信念　是希望　是底色
是战斗到底的决心与勇气

水门桥的那条红围巾
寄托了战士们　太多太多的感情　无法描述
哪怕炮火遮蔽了视野　那抹红也依然清晰

水门桥的那条红围巾
是五星红旗的颜色　是革命精神的底色
在悲凉与困境中　昭示着胜利的曙光

我爱你　红围巾

---

[1]　红围巾是电影《长津湖》中的一个重要物品。志愿军战士伍万里一直想要一条红色围巾，但由于红围巾的颜色太鲜艳，容易被敌机发现，于是他放弃了。一位和伍万里年龄相仿的战友悄悄地帮他带来了一条，后来他俩成了最谈得来的好朋友。可惜，战友在行军途中牺牲了，敌军清理战场时发现了挂在树枝上的红围巾，十分不解。这条红围巾承载着敌人无法理解的战友情谊，后来，它指引前来增援的张营长救出了幸存的伍万里，完成了它最后的使命。

水门桥的探照灯

水门桥的探照灯
你的眼睛里充满了恐惧与绝望
你不停地摇摆着头　想证明你的强光
正义不会屈服于你的摇头晃脑
哪里有压迫　哪里就有反抗
卸掉你的粉饰　你真的丑陋不堪

你可以照亮漆黑漆黑的夜空
却无法看透志愿军抵近侦察的战法

你伤害得了志愿军战士的肉体
却无法摧毁他们顽强战斗的意志

一支苇笛吹得你　在寒风中瑟瑟发抖
碎了吧　这就是你的命运

观电影《狙击手》（两首）

把青春献给祖国

"五班　到"
响彻云霄的回答　祖国母亲能听见
如今半岛的那个山坡　山花烂漫
不足千米的生死线　也被春风摇曳

"阻神五班"　你们用智技战胜邪恶
"战神五班"　如今盛世如你们所愿

"亮亮"　你的糖果情报　已经安全转移
五班以你为自豪　五班以你为骄傲

我是五班传人　再呼点一次你们壮烈而响亮的名字
高军　牛贵　孙喜　王忠义　胖墩
绿娃子　小徐　米老二　刘文武
亮亮　大永　……
到　到　到　到　到　到　……
你们一定能听见　因为
你们的音容笑貌
永远镌刻在了军旗与祖国人民心上

是那么清澈而熟悉
愿你们的名字
在半岛那片山坡　绽放成最美的花儿

最冷的枪　最热的血

最冷的枪　莫过于你手中的那一杆
你把最热的血与忠诚融进了枪膛
准星上应声垂落的侵略者头颅
是你用青春和热血去捍卫的祖国尊严
标尺上的距离　是你射向敌人的精准靶矢
扳机上的微动　是你复仇怒火的迸发
咆哮出膛的子弹　粉碎了强盗的行径
"铁勺"折射出的弹着点　撕破敌伪装
你把家国与热血　凝成一道光　聚成一团火
撒在了异国他乡　无怨无悔
最冷的枪　守卫了亿万国人的安宁
最热的血　温暖了家国和平与尊严

怎能忘记你

题记：

    在20世纪80年代前后的祖国南疆边境冲突中，年轻的战士赵维军受了重伤，牺牲前请求照顾他的护士张茹给他一个拥抱。张茹含泪拥抱亲吻了他。这感人的一幕被战地记者记录下来，成为著名的摄影作品《死吻》。

怎能忘记你
漫山遍野的杜鹃花　　犹如你笑意盈盈
墓碑上伫立的白鸽　　似你的轻盈身影

怎能忘记你
鲜艳的红十字袖标　　浸染青春的气息
纤弱的身躯是炮火中绽放的铿锵玫瑰

怎敢忘记你
你用热血与柔情　　抚慰生命的尊严
你的武器是银针　　救死扶伤是战斗

怎敢忘记你
年轻的生命　　被罪恶的炮弹摧毁
最后一刻　　唯一的请求
护士姐姐　　你抱抱我吧
怎能忘记你
你胸怀天下大爱

人间最美的柔情　莫过于你的怀抱
你的飒爽英姿　永远定格在军旗上

作于 2022 年 2 月 17 日

纪念 5·12 汶川地震

在 5·12 的纪念日
心灵被沉重的回忆击中
那一天　大地颤动
将我们的生活彻底改变

废墟上　我们重建希望
瓦砾中　我们寻找新生
那是我们共同的痛苦
也是我们坚韧的象征

那些在灾难中失去的生命
如同繁星　照亮我们的道路
他们的爱与关怀
永远在我们心中熠熠生辉

5·12　是我们共同的伤痕
也是我们前进的力量
在痛苦中　我们团结一心
在挑战中　我们共同前行

纪念 5·12　让我们铭记
生命中的每一个时刻
都有可能面临绝望与挑战
我们要有勇气面对和挺过

纪念5·12　让我们怀念
怀念那些在灾难中离开的人
他们的爱与关怀　让我们更加坚强
让我们明白生命的珍贵与意义

5·12　让我们铭记历史
让我们珍视现在
让我们拥抱未来

作于 2023 年 5 月 12 日

不朽的丰碑

题记：

　　2022年8月，重庆市缙云山发生大火。北碚区市民自发组织摩托车队运送物资。作诗一首歌颂英雄壮举。

冲　冲　冲
山路崎岖　使命必达
灾情就是命令
赤膊上阵　尽显英雄本色
铁骑背篼　轰鸣腾空而起
烈焰炙烤　难阻一腔热血

食物　汽油　水……
被你一次次运达前线
油锯　头灯　铁扫帚
被你用肩头的背篼护送到山顶

累了困了　你不曾卧倒休息
始终保持战斗的姿势
骑在你心爱的战骑上　囫囵打个盹
你却说　我不累　我要守护我的家园

一次次往返崎岖的山路
一次次跌倒　一次次爬起来
这就是英勇无畏　这就是川军精神

你征战的样子 就是八月最美的风景
鏖战缙云山火 谱写最美的青春华章
你们用勇敢与力量 描绘青春的色彩

你们就是八月的山城 最闪亮的星星
致敬可亲可爱的铁骑勇士们
你们的飒爽身姿 已定格成不朽的丰碑

第二辑
橄榄绿·军旅与坚守

炮兵

在战争的硝烟中　你们是炮兵

信念如炮　火力全开　你们是最强的勇士

在战火纷飞的土地上　你们是守护者

用坚韧和勇气　为国家和人民守护和平

炮兵啊　你们是祖国的脊梁

背负着重重的炮弹　你们步履坚定

在战场上　你们是无敌的力量

用正义的火力　将敌人击退

你们是勇敢的战士　无畏的守护者

在战火纷飞的岁月里　你们是最美的风景线

炮兵啊　你们是祖国的骄傲

用你们的勇气和信念　为国家和人民守护安宁

在战争的硝烟中　你们是英雄

用生命和热血　谱写着最壮丽的篇章

炮兵啊　你们是祖国的骄傲

让我们为你们鼓掌　为你们歌唱

步兵

在炮火轰鸣的战场上
他们是勇敢的步兵
无畏前行　无惧挑战
为了家园　为了荣誉而战

他们是大地之子
是阳光下最骄傲的战士
他们的步伐铿锵有力
如同狂风般席卷一切

手中紧握的是信念与责任
眼中燃烧的是勇气与决心
他们的心灵如同钢铁般坚定
不屈不挠　永不言败

步兵们　你们是祖国的骄傲
是家人的依靠　是战友的支撑
在血与火的洗礼中
你们成为最勇敢的战士

无论前方有多少困难与挑战
你们都会坚定地走下去
因为你们知道
自己的使命就是守护和平与家园

让我们为这些勇敢的步兵喝彩
为他们的勇气和信念致敬
在他们的带领下
我们一定能够战胜一切困难　迎接光明

侦察兵

侦察兵　勇敢的冒险家
探索未知　勇往直前
无畏挑战　不惧风雨
砥砺前行　永不放弃

你们是祖国的眼睛
是敌人的噩梦
是战友的依靠
是胜利的先驱

你们用智慧与勇气
书写着无愧于心的传奇
荒野的沙漠　高山的大海
都有你们的足迹

侦察兵　你是祖国的骄傲
你们的勇敢　让人热血沸腾
你们的智慧　让人惊叹不已
你们的坚韧　让人感动落泪

你们是战斗的先锋
是和平的守护者
你们的付出与奋斗
将永远被人民铭记

侦察兵　你们是国家的荣耀
你们的无私奉献　让人心怀感激
你们的奋斗不息　让人充满力量
你们的坚定信念　让人备感鼓舞

让我们一起为侦察兵喝彩
让我们一起为他们的荣耀而骄傲
让我们向他们致敬
为他们的无私奉献而感激

通信兵

通信兵　祖国的脉络
在风雨中　你们矗立如磐石
无声地传递信息
信息展翅高飞　穿越千山和万水

你们是祖国的神经
是国家的脉搏　是人民的呼吸
在寂静中　你们守望着
守护着一片蓝天　一片土地

通信兵　你们是希望的火种
在每个黎明　把光明洒向远方
你们是夜晚的灯塔
照亮着航路　指引着方向

你们用语言　架起桥梁
用信号　编织希望
在每个瞬间　你们都在燃烧
燃烧着你们的热情　你们的生命力

通信兵　你们是英雄的群体
在每一次的挑战中　你们不退缩
用勇敢的心　去面对困难
用坚韧的灵魂　去挑战未知

你们是祖国的脉络　是人民的希望
在每一次的传递中　你们都在歌唱
歌唱着你们的使命　你们的责任
歌唱着你们的梦想　你们的未来

通信兵　你们是不朽的力量
在每个时空　你们都在坚守
坚守着你们的信念　你们的信仰
坚守着祖国的心脏　人民的期待

在每个日出和日落　你们都在奋斗
奋斗着你们的理想　你们的未来
通信兵　你们是祖国的骄傲
是人民的英雄　是时代的象征

骑兵连

在战功卓著的历史长河中
有一支英勇善战的骑兵连
承载着荣耀与信念　跨越世纪的交汇点

他们是勇者　是近代白刃冲锋的传奇
在血染的战场上
展示着永不磨灭的勇气与坚毅

战马长鸣　铁骑铿锵
冲锋陷阵　赴死如归

骑兵连的故事如诗如画　可歌可泣
抒发着永不磨灭的英勇与豪情
在战争与和平之间
骑兵连的传奇延续着生命的火焰
激励着每一位战士的心灵

如同一颗颗璀璨的星辰
点缀在夜空中
他们的名字如同永恒的诗篇
诉说着永不磨灭的精神内涵

骑兵连　永不被岁月遗忘
在历史的长河中闪耀着光芒

他们的精神将永远传承
如同诗歌一般激荡人心
直至永恒

"八一" 请向军旗敬礼

在喧嚣的都市　行走的街头
那些沉默的战士　守护着我们的梦
他们身披铠甲　心怀信念
在风雨中挺立　守护着祖国的安宁

"八一"　是时代的记忆
那飘扬的军旗　给我们带来力量和勇气
伴随着祖国成长的足迹　遍布山河大地
在血与火的洗礼中　铸就了军魂

岁月的长河　流淌不息
那些曾经的岁月　铭刻在我们的心田
"八一"之际　请向军旗敬礼
向那些无数英勇的战士致敬
感谢他们为我们的幸福　付出的每一分努力

"八一"　是时代的呼唤
它激励我们向前　去追求更美好的明天
让我们手挽手　肩并肩
为实现中华民族伟大复兴奋斗不息

有太多的故事
讲述着军人的荣耀和奉献
让我们向军旗敬礼　向祖国致敬
感谢他们用生命和热血　守护着我们的家园

"八一"　诉衷肠

诉不尽的战友情谊　忘不了的军号嘹亮
铁血的浪漫　书就了岁月的篇章
曾经的风华　披挂在肩上的荣耀
在梦里　我们依然坚守着那份热情

硝烟散去　静听那悠远的回响
是那年　誓言与信仰交织的乐章
青春的烈焰　照亮了黑夜的迷雾
一起走过的日子　铭记在我们的心上

夜幕降临　星河璀璨　我们在何方
并肩作战的岁月　如诗如画　如梦如幻
当军号再次响起　我们能否重逢
在未来的尽头　再续那未完的篇章

诉不尽的战友情谊　忘不了的军号嘹亮
那些年　我们为了信仰　为了国家　为了彼此
当泪水与笑容交织　我们学会了坚强
在岁月的洪流中　我们共同成长

战友啊　那些年　那些人　那些事
在心底　化作了一首无言的诗
诉不尽的战友情谊　忘不了的军号嘹亮
让我们携手共进　向着未来　继续前行

"八一" 仰望火红的军旗

"八一"之际　仰望火红的军旗
在微风中飘扬　犹如烈火燃烧
军人的精神　永远值得我们敬仰

太阳高照　军旗更加熠熠生辉
那些战斗的岁月　仿佛仍在眼前
为了国家　为了人民　他们无私奉献

他们的脚步　坚实而有力
在战场上　他们勇往直前
在和平年代　他们守护着万家安宁

这火红的军旗　是他们的信仰
在风雨中　从不倒下
在"八一"　我们更加坚定这信仰

"八一"之际　仰望火红的军旗
让我们铭记历史　珍惜现在　憧憬未来
为了明天　为了幸福　我们要更加努力奋斗

"八一"　我的敬仰

"八一"　我敬仰你的身影
你是祖国的坚实堡垒
你的胸膛　铁血铸就
你的双手　握住了胜利的钥匙
你曾经战斗在硝烟弥漫的战场
你的步伐铿锵有力　气势如山
你用鲜血和汗水浇灌着土地
你用忠诚和勇气守护着家园

"八一"　你是民族的骄傲
你的名字载满了荣光和豪情
你的战旗高高飘扬
你的战歌嘹亮响彻云霄
你是军人的楷模和榜样
你的精神永远激励着我们
你的忠诚和担当
让我心怀敬意和感激

"八一"　你是时代的英雄
你的背影永远镌刻在历史长河
你的付出和奉献
让我们铭记在心　永不忘却
"八一"　我敬仰你的光辉
你是我们心中永远的明灯

你的精神将永远闪耀
指引着我们前进的方向

"八一" 我敬仰你的伟大
你是祖国的脊梁和希望
你的存在让我们坚定
为了梦想　永不停歇
"八一" 我敬仰你的一切
你是我心中永远的信仰
愿你的荣光永远闪耀
愿你的辉煌永远传承

54式手枪　见证了我的青春

冰冷的手枪
却见证了我热血的青春
那些日夜奔波的岁月
那些执着的追求与梦想
都在这把枪的背后悄然流淌

它曾与我共度风雨
陪伴我在孤独的夜晚
那些无数个寒冷的冬夜
那些独自守候的时刻
手枪　成为我唯一的伴侣

它曾见证我挺身而出
保护那些需要我守护的人
那些无助的眼神
那些紧握的手
都在手枪的记忆中永存

它曾与我并肩作战
在生死之间守护最后的尊严
那些无尽的战斗
那些不屈的挣扎
都在手枪的光辉中闪耀

如今　青春已逝　岁月如梭
手枪　已成为我永恒的记忆
那些曾经的梦想与追求
那些无数个战斗的夜晚
都在这把枪的灵魂中得以永生

手枪　见证了我热血的青春
成为我生命中最珍贵的记忆
在我心中永远熠熠生辉
如同那不朽的青春　永不褪色

钉子

千锤百炼的淬火
只为铸造这钢筋铁骨的身躯
拍拍身上的灰渣
却能扎进　坚硬的铜墙铁壁

从来不问来世今生
无坚不摧的精神却世代相传
即便弯了也要有硬度
因为从不趋炎附势　阿谀奉承
用忠诚和担当　昭告天下

钉子的倔强
从来没有任何依靠
只在钉眼深处默默诉说过往
历经千辛万苦的磨炼
只为那一刻的坚定不移

丰碑

题记:

    2023年退伍季,写给驻守边防线(塔喀逊哨所、乃堆拉哨所)即将离队的老兵们!祝老兵们一路顺风、前程似锦。

"送战友　踏征程　耳边响起驼铃声……"
阵阵歌声响彻营房　挥手说再见
今生却再难逢
我曾与雪山相依　也曾与边关同站成一道风景
我的足迹留在了边关　留在喀喇昆仑山脉
雪山聆听我诉说　一年又一年
雪山见证我青春的色彩　一片又一片
雪山与我同在　漫山遍野开满青春的花朵　一朵又一朵
喀喇昆仑的雪啊　像母亲的手　抚摸我的脸庞　一遍又一遍

终将是一场离别　但是我无怨无悔
因为我的青春与太阳最近
终将是一场告别　但是我骄傲我自豪
因为我与祖国母亲最亲
什么也不说　祖国知道我
边关冷月
印刻了我们永不逝去的青春
边关也将永远是我们的诗和远方

坚守时我们矗立成一座沉默的山

挺拔成一棵棵茁壮的树
当选择离别　追寻更远的远方时
喀喇昆仑山脉将会永远留下我们
坚定的脚印　伟岸的背影
什么也不说　祖国知道我
边关是我们
青春的丰碑

曾经的你

未曾忘
在那年那一个寒冷的冬季
你投笔从戎　誓保祖国
一脸的稚嫩　却胸怀梦想
把青春与憧憬装进从军的行囊
踏着嘹亮的军歌　守护边疆
你甘把足迹与汗水　洒在祖国边防
立志投身军营　成就你的梦想
庆幸曾经的你
有身着军装的模样

未曾忘
第一次穿上军装时的自豪与青涩
把离别的伤感化作了希望与梦想
把乡愁与挂念揉进了行军背囊
拭干泪水　挥手告别家乡
奔驰的列车　将转身的背影渐渐拉长
从此　西南边陲的热带山岳丛林
高寒地带的山地　森林　湖泊　都留下了你的足迹

未曾忘
昼夜急行军中的你　徒步丈量四百公里
翻山越岭　跋山涉水　赴汤蹈火
用稚嫩的肩膀扛起了使命与责任

毅然决然地挺起胸膛
把忠诚和担当融进了青春热血
为祖国的繁荣富强　奉献忠肝义胆
不曾退缩半步　仗剑守护着边防
胸前闪烁着　军功章的光芒
是你不负韶华不负青春的最美模样

未曾忘
南国刻骨铭心的"魔鬼训练营"
你身上的每一处训练伤痕都是
你今生最骄傲最酸楚最幸福
最美好的印记与回忆
回首往事　一路激昂
披荆斩棘　所向披靡

未曾忘
踏雪而歌的甘阿藏区"千里机动"
为了民族团结进步
你化身成友好共进的种子
播撒在同胞的眼里　心里
为了祖国领土完整
你化身成守护版图的利剑
粉碎一切敌人的阴谋

未曾忘
风雪交加的西昌龙潭沟阅兵场
任凭风雨狂　笑傲战沙场
打靶归来　响彻云霄的歌声

早已把灵魂与肉体融为一体
用热血把猎猎军旗那一抹鲜红点亮
军旗上永远飘扬着我们的青春芳华
军旗上永远飘扬着我们的欢声笑语
军旗上永远飘扬着我们的铮铮誓言

梦回昆陆 [1]

道别　那天
我们把梦想与憧憬
塞进行囊
挥手惜别
说好了　再见

后来的我们
各自奔赴远方
各自山高水长
立志军营　建功立业的梦想
在搏击风雨中飞翔
仗剑走天涯　誓守祖国边防
梦已醒在黎明
千锤百炼之后的我们
用平凡忙碌的日子
用生活袅袅的炊烟
守护着小小城邦

怀念训练场上的龙腾虎跃
怀念行军拉练途中的热血沸腾

---

[1]　昆陆，昆明陆军学院的简称，其前身是建于 1949 年的第二野战军军政大学四分校，1955 年改名为昆明步兵学校，1986 年改名为昆明陆军学院，现并入中国人民解放军陆军边海防学院。

怀念与昔日同窗战友同甘共苦的朝夕
岁月如流
每一张青春洋溢的笑颜
每一抹青春健硕的身影
永远定格在那年　毕业季

军魂永驻的誓言
未曾改变
只是把未尽的理想
种在为实现中华民族伟大复兴的远方
在无数个夜里
把你的名字　一饮而尽
梦境中又回到
那个刻骨铭心的训练场

梦醒时分
恍如隔世
昆陆这个昆明陆军学院的简称
早就烙在一代人的心头
唯愿母校
永远留在人们的记忆里

致敬新时代最可爱的人

——写给驻守边疆的全体戍边将士

穿上戎装　你已不再稚嫩
扛起钢枪　你已是守卫祖国的脊梁
你用使命与担当守护祖国边疆
那一身戎装　包裹着坚定的信仰
任凭寒风凛冽　风吹雨打抑或雪花飘扬
始终坚守在祖国边疆　永不退让

高寒缺氧　崇山峻岭　是你们的战位
日夜兼程　守卫着脚下这片热土
风雨无阻　守护着身后万家灯火
斗转星移　黑夜降临　星辰闪耀
你们一直在守望　守护着梦想

任凭漫天风沙滚滚
你们用血肉之躯抵挡
哪怕炮火连天　兵刃相接　弹雨纷飞
你们从未退缩惧怕　用生命守护着和平

可亲可敬的边防军人　无畏无惧
你们忠诚坚定　勇敢无畏
你们是祖国的钢铁长城　是祖国母亲的铁血卫士
更是扎根边疆的钢钉

守卫着每一寸国土　守护着家园

你们是人民的英雄　是祖国的光荣
用生命诠释着忠诚　用热血铸就信仰
默默奉献的边防军人　祖国永远铭记
你们甘洒热血的奉献精神　永不磨灭
什么也不说　祖国母亲都知道

致敬复转退老兵

题记：

又是退伍季，告别火热的军营，告别朝夕相处的战友，驼铃声，早已让退伍老兵们热泪盈眶。长长的汽笛声，催人泪下，战友情深难舍难分……

祝愿全体退役老兵一路顺风，往后余生安康。再见啦！战友们！

驼铃声　响彻耳畔
敬个礼　道一声　老战友珍重……
你们饱经沧桑的面容
铭刻着岁月与生命的悲欢离合

遥远的戈壁边疆
曾矗立你们雕塑般的身影
山高林密的山岳丛林地
也曾铭记你们青春的热血与足迹
是你们无悔地选择了把青春
献给了祖国　守护着人民的安宁

日复一日地站岗巡逻的日子
渐行渐远……
你们从未抱怨
早已把军魂深植心底

与军旗告别的那一刻

也告别了戎装和朝夕相伴的枪炮
却告别不了那份责任与担当
在往后余生中
愿老兵们被生活温柔以待　顺风顺水

致敬复转退全体老兵
你们是真正的英雄　因为青春无悔
你们是国家的脊梁和民族的骄傲

让我们永远向着太阳的方向
高唱凯歌　再铸辉煌
祖国永远铭记　你们的功绩与辉煌
让我们的青春在祖国的大地上
绽放出更加绚丽的光芒

2023 年 8 月 31 日作于西部战区某驻地

致敬喀喇昆仑戍边卫士

边疆的风　吹过寂寞的山岗
吹动戍边卫士　心中阵阵涟漪
孤独守望　是他们的使命召唤
卫士们内心婉约的情感
却如诗　如画　如歌

戍边卫士们用赤胆与忠诚
守护着边疆脚下的每一寸热土
用坚定的信念　守护着家园的安宁
卫士们内心婉约的情感
犹如流水般悠然　在戍边的岁月里
绽放出芬芳

卫士们炯炯的目光　穿越时空的边界
凝视着远方　思念着亲人的笑颜
卫士们内心婉约的情感
又如细雨般滋润着他们的心田
温暖着他们的心弦

边疆的夜　星光点点闪烁
戍边的卫士　独自守望黑暗的边陲
内心婉约的情感　如月光般明亮
照亮他们前行的路　驱散孤独的阴霾

忠诚与坚守　是对家园的热爱
用生命的奉献　书写着忠诚的篇章
卫士们婉约的情感　如风吹过山岗
轻轻地呢喃　让人心生敬仰

边疆的戍边卫士　你们是英雄
是新时代最可爱的人
愿你们的心灵　永远宁静安详
在戍边的岁月里　绽放出永恒的光辉

边关

边关　遥远而又亲近
铁血与沙　交织着梦与真
星辰点缀着夜空　寂静的哨所里
只有风的低语　和岁月沉淀的痕迹

边关　你是天涯的守望者
沉默的士兵　矗立在岁月的肩膀上
你的名字　是风中的祈祷　是雨中的歌声
是母亲心中遥远的期盼　是恋人眼里的深深思念

边关　你是异乡的归宿
温暖而孤独　静谧而肃穆
月光洒在你的脸上　你静静地站在那里
如同一座山　横亘在时间之中　永恒而伟岸

边关　你是历史的见证者
见证着我们的奋斗　见证着我们的坚韧
你的每一寸土地　都渗透着我们的汗水
你的每一座哨所　都闪耀着我们的坚韧

边关　你是生活的诗篇
书写着辛酸与快乐　写着希望与坚韧
你的存在　就是一首最美丽的诗
诗中的每一行　都是我们的决心和信念

边关　你是遥远的星辰
照亮我们的路　照亮我们的灵魂
在你的庇护下　我们如同孩子般成长
在你的怀抱里　我们找到了属于自己的方向

边关　你是母亲的眼神
温暖而坚定　慈爱而辽远
在你的注视下　我们学会了坚韧与勇敢
在你的期待中　我们找到了自己的使命和责任

边关　你是故乡的呼唤
召回我们远离的心灵　召回我们流浪的脚步
在你的召唤中　我们懂得了一切的起点是家
在你的温暖中　我们找到了回归的方向

边关　你是未来的象征
代表我们无尽地探索和奋斗的勇气
在你的启示下　我们知道生活的意义在于前行
在你的期待中　我们找到了自己的使命和责任

边关　你是世界的交会点
是战争与和平的守望者　是痛苦与快乐的见证者
在你的土地上　我们看到了人性的光辉和暗淡
在你的故事中　我们听到了历史的呼吸和低语

边关　你是生命的赞歌
书写着我们的荣耀和苦难　我们的欢笑和泪水
在你的篇章中　我们看到了自己的影子和痕迹

在你的声音里　我们听到了自己的呼唤和回应

边关　你是我的梦境
我的遥远的星辰　我的故乡的呼唤
在你的存在中　我看到了生活的意义和价值
在你的故事里　我找到了自己的方向和归属

边关　你是我灵魂的归宿

卓拉哨所的荣光

在高耸入云的雪山上
有一座小小的哨所
那是战士们坚守的地方
你们用青春谱写着忠诚的乐章

风霜雨雪　无法阻挡你们的脚步
你们是祖国的卫士
时刻守护着边境的安宁
为了和平　你们无怨无悔

繁星点点　照亮了你们的梦乡
你们的心中　充满了对家人的思念
但你们知道　责任在肩
为了祖国　你们甘愿奉献

卓拉哨所　是你们的战场
也是你们的家园
你们用汗水和鲜血
铸就了钢铁般的意志

在这片茫茫的雪域高原上
你们的身影如此渺小却又如此高大
你们是最可爱的人
你们的故事　让我们感动不已

让我们向你们致敬
为你们点赞
卓拉哨所的卫士们
你们永远是祖国的骄傲

你守国　我守家

在时代的洪流中　我们笃定前行
你守国　我守家　是我们的使命与责任
在万里长城的边疆　你在守护国家的安全
在温暖的家中　我在守护着你的心

星光闪烁　夜空中的繁星
如同你我　在这广袤世界中的小小心愿
你守国　保护每一寸土　每一座城
我守家　照顾每一个日常　每一种情绪

你以身许国
貌似离我们遥远
却离我们如此之近
用生命守护和平
我在家中等你　用爱守护你的灵魂

你守国　我守家　这是我们的誓言
在风雨中　我们彼此呼应　共同担当
虽然相隔万里　虽然不能时时相聚
但我们的心　始终紧紧相连

家　是那份永恒的守候
国　是那份无畏的担当
你守国　我守家　我们的爱

像阳光一样　照亮了每一个角落

你守国　我守家　我们的故事
会被后人传唱　会被历史铭记
因为有你　因为有我　因为我们的爱
家与国　繁荣昌盛

致敬军嫂

题记：

　　"八一"之际向默默地拥军、爱军、护军的军嫂们致敬！军功章有你们的一半！

在繁华的城市背后
有一片宁静的家园
有一个坚毅的身影
默默地为家国守卫

夜幕降临在凉风中
星光照亮你的军徽
那一刻　你为国站岗
那一刻　我为你守家

手中的笔在纸上跳跃
写下你的名字　我的思念
让风带走　让云带去
那份深深的眷恋

你在边疆　我在故乡
相同的热血　不同的天空
但我知道　你在那里
永远是我心中的灯塔

你为国站岗　我为你守家
虽然不能每日相伴
但心中的爱　永不消逝

与战友干杯

——庆祝中国人民解放军建军九十六周年

与战友干杯　共享荣光
并肩作战　一路向前方
风雨无阻　山高水长路遥
患难与共　情深似海浩

夜幕降临　星空闪烁光芒
梦中重温　昨日战火纷扬
无言默契　心中自有担当
携手同行　共创辉煌章

干杯　为那青春无悔
干杯　为那战友情深
醉卧沙场　梦逐烽火烟霞
铁血柔情　共谱英雄篇

岁月如梭　人生如梦短暂
相伴相随　几多风雨飘摇
笑谈风云　醉卧江湖浩渺
与战友干杯　共话桑榆
生死相依　情谊永恒
杯中酒满　敬予同袍
英勇无畏　心向远方驰骋
与战友干杯　豪情万丈

军魂

——纪念抗美援朝战争胜利七十周年

铁骨铮铮　勇猛刚强
烈火焚烧　傲骨不屈
沙场上的英勇　是你们的荣耀
无尽的辛酸　是你们用血肉之躯阻挡

异国他乡　烽火狼烟
你们在大山里眺望祖国
在森林的夜色中想念亲人
晨曦中的希望　是你们的信仰
军魂　是不灭的火焰
闪耀着赤诚的光芒
多少次挥洒汗水　多少次凝望星辰
你们用生命　守护着家国的安宁

铁血柔情　并肩前行
家国情怀　是你们的信念
任凭风雨狂飙　任凭岁月如梭
你们用坚韧　铸就了不朽的军魂

军魂　是永恒的火焰
照亮着前行的道路
我们铭记你们　我们敬仰你们
你们的精神　永远镌刻在我们心中

心中的乃堆拉 [1]

清晨　我们为祖国迎来第一束阳光

夜晚　星星向我眨眼

只有孤独和手中的钢枪

伴随着的月亮

又大又圆

上山的路很长　很长　很长

风过泥石公路

滚滚黄尘翻卷

雨过泥泞战备小路

留下沟沟壑壑的积水

暴风雪把唯一的道路掩藏

人过弯弯曲曲的悬崖小道

一眼望不到绝壁下的谷底

心中总有莫名的恐慌

岂能欣赏漫山遍野的百花争妍

强烈的紫外线辐射

肌肤灼伤　刺痛

几天就能改变细嫩的容颜

脸上麻麻点点

---

[1]　乃堆拉是我国西藏自治区日喀则市亚东县亚东乡与印度锡金邦交界的一个
地方,海拔4730米,在洞朗地区之北。乃堆拉山口西距锡金首府甘托克约24公里,
是亚东县十几个通外山口里最重要的一个,1967年的中印乃堆拉战役赶跑了印
度侵略者。

哨所的思念很香　很甜

家乡的味道

总是在梦里品尝

家乡的美景

总是像电影一样在脑海中播放

亲人穿越时空的祝福

总是在耳边回响

鸿雁传书

感受爱情的浪漫

传递的是希望

我喜欢站在刻有"中国"的界碑旁

向祖国眺望

心中充满激情和力量

祖国有我　山河无恙

祖国有我　山河无恙

庆战友重逢

在光阴的河流中
我们如航行的船
曾经共度峥嵘岁月的浪花
如今重新溅起波澜

岁月无情荏苒
却无法抹去彼此的容颜
那熟悉的面庞
如今在笑语中重逢

记忆的碎片
在笑声中闪烁如繁星
诉说着曾经的青春
如梦似幻　却如此真实

庆战友重逢
就像人生的花朵
在时光的枝头盛开
绽放出往日的英勇

当战斗的号角再次吹响
战友的情谊越发深厚
在生活的战场
我们再次携手并肩前行

庆战友重逢
让我们珍惜这份难得的情谊
愿幸福安康　共同书写往后余生

2023 年 8 月 8 日作于山城重庆

营地生存

野外的深处　营地在一片寂静中
城市的喧嚣被遥遥地抛在后方
躺在晨曦怀抱中　领悟生的真谛

夜幕降临　星光映照在帐篷上
月亮的光芒铺洒在营地的每一个角落
静谧的夜晚　让人的心灵感到宁静和平

早晨的阳光透过帐篷的缝隙
唤醒沉睡的人们　开始新的一天
在营地　每一天都是新的开始　都是新的挑战

在野外的营地　我们学会独立
学会相互协助
在困难面前　我们学会了坚韧和勇敢

营地生存　是一种特殊的体验
让我们感受到大自然的伟大和生命的脆弱
在营地　我们学会了珍惜每一个瞬间　每一次呼吸

在野外的深处　营地在寂静中
城市的喧嚣被遥遥地抛在后方
我们在大自然的怀抱中　体验着生存的意义

营地生存　是一种生活的态度
让我们感受到生命的力量和希望的光芒
在营地　我们学会了勇敢地面对生活的挑战　坚韧地走下去

送战友·致老兵

再望一眼熟悉的营房
再抱一抱亲如兄弟的战友
再唱一首荡气回肠的军歌
再摸一摸早被体温焐热的钢枪
再一次亲吻火红的军旗

我们注定不一样
生命中有了当兵的历史
爬冰卧雪　急难险重
一次次在无硝烟的战场中
绽放我们的青春……

生命中有了当兵的历史
高驻高训　戈壁荒漠
留下了我们豪情万丈的足迹……

我们注定不一样
生命中有了当兵的历史
抗洪抢险　抗冰保电　抗震救灾
为了人民的安危
我们临危受命　甘洒热血　赴汤蹈火在所不辞……

我们注定不一样
生命中有了当兵的印记

训练场上的龙腾虎跃
行军拉练的密切配合　互帮互助
野外宿营地正规化建设展现了我们的智慧与力量

我们注定不一样
铁打的营盘流水的兵
褪下军装　告别军旗　拭去泪痕
挺起胸膛　永葆军魂
退伍不褪色　不忘初心　续写辉煌……

若有战　让我们再在军旗下集合
若有战　让我们再披战袍战场见
若有战　让我们马革裹尸忠报国
向即将离开军营的老兵们致敬
向当过兵的战友们致敬
向正在保家戍边的战友们致敬

2022 年 9 月 5 日作于西南边陲某部驻地

忆峥嵘·念战友

忆峥嵘岁月　念战友情谊
共度风雨路　携手并肩行
炮火硝烟中　并肩战斗情
血与泪交织的　友谊愈显珍贵
岁月如梭　光阴荏苒
战友　是否仍记得那昔日情谊

梦中依旧　战斗在一起
笑谈风云　共度欢乐时光
分别多年　各自东西
但友谊长存　心中永不忘却
相聚有时　重温往事
回忆峥嵘岁月　感叹时光荏苒

战友情谊　如磐石不移
历经风雨　更显珍贵无比
愿友谊长存　天长地久
心中永记　那些峥嵘岁月

第三辑

梧华黄·山水与年华

故乡的雪

又是一年的冬
乡愁越过崇山峻岭
沿着那蜿蜒起伏的路便是故乡
一场大雪
刷白了儿时记忆中的乡野
故乡依然是那样宁静质朴
红墙青瓦还在
门前的那条支流渠和那座城堡似的砖窑
静静地躺在厚厚的积雪下

是谁用乡音在　呼唤我的乳名
一张张亲切慈祥的面孔
儿时的玩伴　顽皮的模样　叽叽喳喳
一幕幕似在梦里　又似在昨日
记忆中的少年时代
就是清闲的冬季故乡的一场大雪

故乡的雪依旧如期而至
那一朵朵雪花　荡漾起孩子们的笑声
也堆砌成雪人的憨憨笑脸
岁月匆匆流淌
流淌着物是人非的寂静
和那两鬓斑白的老人
曾经的孩童　坐在门槛静静地守望

守望祖辈留下的天空与大地

还有这白茫茫的冬雪
雪花还在飞……
一片片雪花堆砌着故乡的厚重
不忍心抹掉
掠上眉梢和胡茬的积雪
让自己在时光留下的皱褶里沉睡
也许　那在期盼
期盼雪花飘舞后
再摇曳出那曾经的欢乐和喧嚣

乡愁·淮安

淮安　故乡的名字
乡愁在心头缠绕
故土的味道　故人的笑语
在记忆中荡漾

故乡的村落　犹如点点繁星
炊烟缭绕的傍晚　鸡鸣狗叫的清晨
童年的欢笑　青春的憧憬
在这里——回望

古运河的滚滚波涛　肆意流淌
洪泽湖波光粼粼的水面
渔船起航　渔歌悠扬
在游子的心中荡漾

故乡的美食　香气四溢
鲜美的口感回味无穷
蟹黄包子　糖醋鱼　萝卜角子
是永驻味蕾的记忆

乡亲们　淳朴热情
笑容洋溢在脸庞
邻里相互扶持　乡亲情谊
是我心中的美好

少小离开故乡　奔赴远方
思念却一直在心中流淌
每一次回家　都是一种奢望
无尽的乡愁在心中盘旋

淮安
是游子心中永远的牵挂
无论身在何方　心系故土
乡愁永远不会消逝

淮安
是游子心中永远的记忆
无论岁月如何变迁
乡愁永远在心中荡漾

南京·五台山

攀爬五台山　登高望远
古老的城市　历史的痕迹留存
山峦起伏　云雾缭绕
宛如仙境　令人陶醉

登上五台山　俯瞰南京城
红墙黄瓦　尽收眼底
历史的沧桑　岁月的洗礼
在这里交织成一幅画卷

五台山　文化的瑰宝
古老的寺庙　庄严肃穆
钟声悠扬　经幡飘舞
香烟缭绕　令人平心静气

五台山　自然的宝藏
山水相映　美不胜收
翠绿的树林　清澈的泉水
给人以生机和希望

五台山　南京的骄傲
见证了历史的沧桑变迁
每一块石头　每一寸土地
都蕴藏着南京人民的情怀

五台山　让我们心驰神往
在这里感受历史的厚重
无论是风雨还是阳光
都会永远铭记在心

五台山　南京之光
你是我们的骄傲
让我们一起走进你的怀抱
感受你的美丽和神奇

南京·牛首山

牛首山
云雾缭绕　宛如仙境

山巅的寺庙　古老庄严
香烟袅袅
经幡飘扬
山间的禅院　静谧

登临山巅　俯瞰众生
牛首山　是心灵的净土
让我们追求真理　超越尘世的纷扰

找到宁静
感受生命的奇妙

南京·玄武湖

玄武湖　湖泊清幽如梦幻
碧波荡漾　倒映着天空的颜色
湖畔的柳树轻摇　似在诉说着爱情故事
湖面的荷花盛开　如同爱情的芬芳

湖水如镜　映照着两颗心的相依
相思的波纹荡漾　永不停息
湖畔的小舟　载着两颗相爱的心
漫游在湖泊的宁静　留下美好的回忆

湖边的风儿　轻轻吹拂着恋人的发丝
湖水的涟漪　轻轻触摸着恋人的心弦
湖畔的鸟儿　歌唱着爱的甜蜜
湖面的鱼儿　跳跃着爱的欢喜

玄武湖　是爱情的天堂
浪漫的湖光山色　让人陶醉其中
在这片湖水的怀抱里　我们相守
共同谱写着爱的诗篇　永不停息

玄武湖的碧波是浪漫的象征
晚风见证黄昏　夕阳见证了幸福
让晚风与夕阳手牵手　共同走过湖畔
让心连心　共同感受爱的温暖

玄武湖　你是浪漫的诗篇

你是爱情的永恒　你是心灵的寄托

让真情在湖水的拥抱中　相守一生

让挚爱在湖光山色中共度美好的时光

南京·侵华日军南京大屠杀遇难同胞纪念馆

怀着沉重的心情走进纪念馆
惨痛沉重的历史见证
血泪的回忆　永远铭刻在心间
纪念馆内　残酷的真相展现
让我们铭记那段黑暗的岁月

在这里　历史的伤痕仍然作痛
每一张照片都是无声的呐喊
纪念馆的墙壁　诉说着悲愤的故事
每一行文字都是对罪恶的控诉
勇敢的见证者　用镜头记录着真相
让我们看到了人性的黑暗和光明

在这里　沉痛怀念那些逝去的生命
他们　永远值得铭记
在这里　强烈呼唤和平与正义
立誓不忘历史　守护人类的尊严
纪念馆是警钟　提醒我们永远警惕
不让悲剧重演　不让恶魔再肆虐
让我们铭记历史　珍惜和平的来之不易
为了世界的和平　共同努力奋斗
侵华日军南京大屠杀遇难同胞纪念馆　是永恒的警示
照亮着我们前行的道路
让我们心怀敬意　永远铭记
为了人类的和平与正义　奋斗不息

秦淮河畔遐思

秦淮河畔　一片宁静
流淌着悠悠岁月的长河
伴随了多少古今往事

我坐在河畔　凝望着远方
任由思绪在空中飘荡
如同狂风中的落叶

回忆在脑海中浮现
如同电影的画面
曾经的繁华　如今已不再

秦淮河畔的夜晚
不再灯火辉煌
只有寥寥几盏路灯
照亮着寂寞的夜空

我想起了那些年在南陆[1]的青春
那些年　我们一起走过的街道
那些年　我们一起度过的夜晚

岁月如梭　时光荏苒

---

[1]　南陆，南京陆军指挥学院的简称。

曾经的梦想　如今已远去
我们曾经的芳华　如今已成为回忆
秦淮河畔的遐思
如同一首诗
诗中有悲伤　也有欢笑
诗中有离别　也有相聚

我静静地坐在河畔
看着秦淮河水潺潺流淌
任凭思绪在空中飘荡
回忆在脑海中浮现
如同电影的帧帧画面

秦淮河畔的遐思
如同一首诗
诗中有遗憾　也有希望
诗中有迷茫　也有坚定

我静静地坐在河畔
叹息着人生的意义
思索着活着的方向

秦淮河畔的遐思
如同一首诗
诗中有感慨　也有思考
诗中有追求　也有放弃

我静静地坐在秦淮河畔

感叹着岁月芳华的流逝
惊叹着生命中追逐的意义
我静静地坐在秦淮河畔
感叹着岁月的流逝
思考着生命的意义

秦淮河畔的遐思
如同一首婉约回荡的小诗
在我心间慢慢流淌
氤氲了流年

吊脚楼

石壁上的杵眼
偷窥着油盐酱醋茶的欢乐
世人却再也看不见
那吊在楼边千姿百态的脚杆杆
楼却依旧是那楼
石头锅里煮着剧烈翻滚的红彤彤
那座吊脚楼在月光下熠熠生辉
孔乙己们的茴香豆早已香满了楼
解开长衫　一文一豆一盅
好不快活啊
任由它独伫此山头
又任岁月风霜蹉跎　时光悠悠
听山风轻轻　吹过古老楼阁
诉说着八百年前的故事

赴塞外

拎着初心与灵魂
在这个春夏交替的季节
只身赴塞外　望一眼漫天风沙
感受"大风起兮云飞扬"的豪迈

我手执砚笔　却无法写尽山河
天下第一洞臼的奇观
是亿万年前一处泪眼
京北第一草原的辽阔
也只是祖国山河的一角

岁月的匕首　无法割舍同窗手足情
生活的剃刀却在无声地刮骨疗伤
尽管山高水长还要跋涉千里
畅叙昔日同窗点滴
我们不曾忘记
未来不必彷徨
余生更不必慌张

春城的四季风光
已装进彼此记忆的行囊
春的翠绿　夏的浓稠
秋的唯美　冬的潇洒
时光不断地追溯与迭代

那滴朝霞里的露珠
早已化成我们沏茶的甘泉

那段难忘的时光　永远怀念
刻骨铭心的长春山岁月
为我们奠定了再相逢的高光时刻
塞外坝上风景　无需刻意　无需言表
那是我们用青春点缀了荒芜
架设起厚重且坚实的友谊桥梁

皇城根的五月

风吹过的尽头　是花落的声音
舍下四月的荣光
再回首　已是五月花期中
问自己　未卜先知该如何
身躯终究追不上灵魂的脚步
看机窗外　晴空万里　一碧如洗
俯瞰大地　那一亩亩未黄的绿叶
我便知那是你　无以复加　入骨的美丽
让我展开两臂　拥抱愧疚　奔向六月
却引来皇城根的落雨
打动那一颗颗潮湿的心
每滴细雨都在平静地诉说着过往
慢慢遗忘　相逢在皇城根的五月
让我们簇拥在　那朵朵怒放的蔷薇花下
还有你　如故的五月

川江号子

晨曦微露
清脆悦耳的川江号子
已划破嘉陵江两岸的夜色
这是纤夫的歌谣

嗨哟嗨哟哟　哟嗨哟嗨哟
那一声声从丹田迸发出来的川江号子
是巴人不屈的精神与灵魂

那一句句从胸腔迸发出来的川江号子
是巴人流淌在血液里的倔强
那一段段铿锵有力　优美如歌的川江号子
是巴人湿漉漉的凄凉与悲怆

川江号子伴随着历史的摆渡
早已沉入江底……
那是时代的烙印　更是一代人的青春

苦难与卑微　成就了动听的歌谣
纤绳与负重　铸就了不朽的丰碑
我站在历史的潮头
回望　追寻纤夫悲壮的足迹
那是一抹生命与生活交织的光影

更是一部荡气回肠诉说巴人历史的凯歌

无法忘却川江号子的悠扬
更不能忘记纤夫的沉重与坚韧

仙女山游记

仙女山　横卧于重庆
远望群峰叠嶂　近观惊叹不已
碧绿如画　层林尽染
我沉醉于这秀美之境

乘坐小车　穿越山道
一路上欢声笑语　心情如同飞翔
抵达山脚　拾级而上
步步生凉　夏日的炎热已忘

仙女山　空气清新
深呼吸　身心得到洗礼
登上山顶　豁然开朗
云海翻涌　仿佛置身仙境之中

眺望远方　层峦叠嶂
延绵不绝的山脉　壮丽非凡
大自然的力量　令人惊叹
我愿在此寻觅内心深处的宁静

仙女山的风景　如诗如画
让我流连忘返　心旷神怡
这是一段美好的旅程
我将永远珍藏这段美好的回忆

雅女湖

在浩渺的天地之间
挟带着灵气　悄然流淌
云雾缭绕　清虚悠远
雅女湖　睡卧在山间

湖面静谧　如镜映天
碧波荡漾　舞动着轻纱
倒映着云霞　吞吐着烟雨
宛如仙子　在这人间仙境

挟带着山川的魂魄
汇聚成湖水的柔情
雅女湖　你是天地间的精灵
在你的怀抱中　感受到生命的宁静

你的水　如诗如画
在每一个清晨　每一个黄昏
都展现出不同的风姿
让人沉醉　让人心动

雅女湖　你是我心中的诗篇
挟带着山川的灵气
蕴藏着云雾的清虚
你是我灵魂的栖息地
让我感受到生命的宁静与自由

秋天里的仙女山

晨曦初照便腾云驾雾　来到仙女山
群峰耸立　云雾缭绕　宛如仙境一般
阳光透过树叶　洒在黄叶上
微风拂过　带走了一片片落叶的忧伤

山间的小溪　潺潺流水
映照着秋天的色彩　清澈而明亮
石头上攀爬的藤蔓　也穿上了秋衣
点缀着山间的景色　增添了几分妖娆

林间的鸟儿　歌唱着秋天的歌曲
声音悠扬　穿透山林　传遍了四方
仿佛在诉说着秋天的故事
让人不禁想起那些美好的时光

漫步徘徊在山间的小路上
脚下的落叶　仿佛是秋天的音符
闭上眼睛感受着秋天的气息
那是一种宁静　一种自由　一种力量

初秋的仙女山　是一首美丽的诗篇
它用自然的语言　讲述着生命的传奇
它让我感受到大自然的神奇

也让我感受到生命的美好与珍贵

2023 年 8 月 12 日作于武隆仙女山

重庆十七座城门（组诗）

重庆"九开八闭十七门"指的是老重庆的十七道城门，包括朝天、翠微、千厮、洪崖、临江、太安、通远、金汤、南纪、凤凰、储奇、金紫、太平、人和、定远、西水和东水。这些城门的排列以朝天门为起点，按照顺时针方向转一圈，开门和闭门相间排列，由于开门比闭门多一座，所以储奇门和金紫门两道开门在一起。这些城门的设计理念顺应风水，讲求生克，应九宫八卦之象而筑，以示"金城汤池"之意。其中有九门是专供力夫挑两江河水入城的水门，但由于后来城内火灾频发，官府认为乃水门洞开不能制克火星之故，便将八道水门统统封闭。现存的主要城门包括朝天门（现为一超大广场及码头）、东水门（位于湖广会馆旁边）等。

通远门

题记：

通远门（开），重庆十七道城门之一。通远门建于明洪武初年，位于重庆老城的正西方，瓮门东北向，正门横书"克壮千秋"四字，瓮城门上书"通远门"三字。因通远门是古代重庆通往四川其他地区的起点，故名为"通远"。旧时城门上有门楼，后于20世纪20年代末修建公路时拆毁。正门略存旧貌，双层拱形门洞，两门洞之间隔有便于采光的天井，门洞两侧尚保留有当时的城墙百米许。城墙下两个隧道看似门，其实不是，而是20世纪40年代修的汽车通道，名为"和平隧道"。

在城市的胸膛　一座古老的城门
见证了多少岁月的变迁

通远门　历经风霜的洗礼
留下岁月刻骨的痕迹

那些曾经年轻的脚步
走过石板路的边缘
追寻未知的远方

在晨曦的微光里　它曾经是希望的起点
在落日的余晖中　见证了岁月的沧桑
通远门　你是历史的见证
是岁月的记忆　是城市的象征

在你的身影里
我们看到那些远去的背影
听到那些古老的传说

在你的故事中
我们感受到历史的厚重
体验到岁月的韵味

通远门　你是历史的守护者
是城市的精神　是未来的希望

在每一个时代　你都是不朽的诗篇
在每一颗心中　你都是永恒的记忆

朝天门

题记：

　　朝天门（开），重庆十七道城门之一。朝天门是重庆的重要交通节点，也是重庆最大的水运码头。南宋都城在长江下游的临安（今杭州），皇帝的圣旨要传达到重庆，都是沿着长江逆流而上，最后到达朝天门码头，地方官员都要出城门迎候。古时称皇帝为"天子"，这座城门就此得名"朝天门"。1891年3月1日，重庆海关正式开关，标志着重庆正式开埠。1898年3月9日清晨，英国人立德乐驾驶"利川"号蒸汽轮船出现在了朝天门码头。这是第一艘开进重庆的轮船，真正撞开了重庆对外开放的大门。抗战时期，朝天门见证了中国军民的顽强斗争。

在喧嚣都市的角落
有一座古老的城门
见证了岁月的流转
承载着历史的沉淀
朝天门　迎着初升的太阳
矗立在长江岸边
见证了江水的奔腾
承载着民族的辉煌

那些走过朝天门的古人
或许也曾停下脚步
感叹岁月的沧桑
品味生命的甘苦
而今　我独自站在朝天门

看着熙攘的人群
仿佛能听见古人的低语
感受到历史的温度

朝天门　你是古老的记忆
是历史的见证
你是长江的骄傲
是民族的象征
在你之下　我感到渺小
也感到生命的伟大
在你之下　我找到了自我
也找到了世界的宽广

朝天门　你是永恒的诗篇
是激荡的心灵
我愿在你之下
永远留下我的足迹

东水门

题记：

　　东水门（开），重庆十七道城门之一。东水门是重庆老城正东的大门，是仅存的老重庆两道古城门之一。建城之初因城门朝东，与东去长江水同向而得名。东水门建于明代，属于石卷顶城门洞，附近有石城墙一段。因其地势险要，易守难攻，曾是人们渡长江去往南岸的要道，也是外地商贾云集之地，生意兴隆，人烟稠密。抗日战争时期，城垣已拆，到处可以出城，改由望龙门街渡江，这里才冷落下来。

东水门　旧时岁月流淌
红尘中　一门隔两边世界
晨曦洒落　黄昏映照
时光荏苒　门里门外　岁月变迁
轻风拂过　古韵犹存
千年古迹　诉说着过往云烟
东水门　古老的印记
承载着厚重的历史　铭记着往日光辉

门外繁华　人间烟火色
门内宁静　岁月静好如初
一扇门　隔开了两个世界
却又在同一时空下交织缠绵

东水门　历史的见证者
见证了岁月的流转　时代的更迭
虽历经沧桑　却依旧屹立不倒
守望着这座城市的辉煌与变迁

岁月如歌　东水门如梦
梦中流转　流淌的是那份深深的情愫
东水门　你是时光的见证
见证了那一段段感人至深的传说

金汤门

题记：

　　金汤门（闭），重庆十七道城门之一。金汤门在重庆老城南纪门和通远门之间的半山腰，封闭已久，遗址无存。名为"金汤"，寓意是高墙耸立，城坚如铁，易守难攻，固若金汤。始建于公元1371年的金汤门，城外是悬崖高谷，当年城门恰对着长江边上的珊瑚坝。清康熙四十六年（1707年）被编为金汤坊，成为巴县城区二十九坊之一，1935年时被废除。金汤门所在处现在散落着天官府、仁爱堂、厚庐、金马小学等建筑。

在繁华的都市中
曾有一道门
名叫金汤门
这道古老而又庄严的门
曾经见证了岁月的变迁

金汤门
像一位离开了人世间的故人
它也曾经是时光的证人
记录着历史的脚步
每当夜幕降临
月光洒在它的身上
它仿佛在低语
诉说着往日的传奇

这道门　曾经是坚韧的象征

历经风霜雨雪
它的肌肤
烙印着岁月的痕迹
见证着不屈的灵魂和决不退缩的信念

金汤门
曾经守护着这座城市的安宁
在每一个黎明
它默默地迎接着新的曙光
金汤门留在人们的记忆里
用现代的语言
诠释着古老的传说
当我们站在史书上记载的金汤门前
仿佛能听到那些被遗忘的历史在耳边低语

你是岁月的见证者
我相信你还伫立在那里
我们在记忆的大门上看到了历史的烙印
也看到了未来的希望

南纪门

题记:

南纪门(开),重庆十七道城门之一。南纪门在重庆市城的西南角,有瓮城面向西,城门上号"南屏拥翠"四个大字。正是因为隔江而对的是南山"翠峰碧峦"的宜人风光,是城内市民出城到南岸郊游观光和乘渡船过江的交通要道,因而,南纪门历来是下半城的重要城门之一。从朝天门一路直至南纪门，沿长江江岸城区，一条通衢大道上，各行各业的商家店铺鳞次栉比。到达南纪门，离出重庆城也就不远了。

南纪门　一座古老的城门
历史的车轮　镌刻着岁月的痕
踏过沧桑的石头　仿佛能听到
岁月流转中　那些尘封的故事和传说

南纪门　迎接着风雨
见证着这座城市的成长和变迁
每当夜幕降临　灯光映照下
门头上的雕花图案　宛如一幅画卷

南纪门　曾经是商业繁华的象征
现今虽已不再　但记忆犹存
曾经在这里拼搏的人们
他们的精神和勇气　永载史册

南纪门　承载着许多梦想和希望
见证了多少离别和重逢
每当夕阳西下　我总会在这里停留
感慨万千　心中涌动着诗意和灵感

南纪门　你是历史的见证者
见证着这座城市的繁华与沉寂
在你之下　我仿佛能听到
那些远去的岁月　低声细语　唤起回忆

南纪门　你是古老的守护者
默默地守望着这座城市的一切
在你之下　我感受到了
不灭的精神　传承着古老的文明

西水门

题记：

西水门（闭），重庆十七道城门之一。清康熙四十六年（1707年），巴县知县孔毓忠将巴县城区（今渝中区境内）改编为二十九坊十五厢，西水门城内划为西水坊，城门外沿江地带编为西水厢。地处渝水之滨，地邻朝天门，西水门有城门的形态，却是常年不开的闭门。这一带地势平坦，视野开阔，门内外小户人家相对较少，古时人们常在这里遛马，又叫福兴门。

西水门　流淌着时光的河
映照着往昔的影　宛如一幅不朽的画卷
多少故事在其中流淌　如同河水奔腾不息
在你的记忆中留下深深的痕迹

曾经的童年　欢声笑语回荡在西水门
清澈的河水　承载了无尽的欢乐与甜蜜
那时的我们　追逐着河边的蝴蝶
拾起河底的石头　许下真挚的诺言
岁月流转　西水门见证了我们的成长
河边的柳树　如母亲般守护着我们
在每一个夏日的午后

我们相聚在西水门 分享彼此的梦想与希望
而如今 我们已各奔前程 散落在世界的角落
但西水门 依旧静静地流淌 呼唤着我们的归来
每当夜幕降临 月儿挂在西水门上
照耀着我们的心灵 如同母亲的温暖怀抱
西水门 你是我们共同的记忆 不朽的灵魂
让我们珍惜这份纯真的情感 让它永远流淌在心间
愿我们在未来的岁月里 再次相聚在西水门
讲述着各自的故事 让这段友谊永不凋零

洪崖门

题记：

　　洪崖门（闭），重庆十七道城门之一。屹立在嘉陵江畔的洪崖门，处于临江门与千厮门之间，城门筑在一片高崖石壁之上。洪崖门建造年代较早，原本是一道开门，直到明洪武四年（1371年）戴鼎在彭大雅修筑的抗元城墙旧址上筑石头城时，才失去功能，变成了一道闭门。如今，洪崖门经过整修和保护，已成为集历史、文化、旅游、购物、娱乐为一体的综合性景区。

洪崖门 历史的见证
历经沧桑 屹立不倒
多少故事 在门前流淌
多少人物 在门后留下足迹

古老的城门 见证了岁月的流转
伴随着城市的兴衰 承载着无数的故事

每当日出　阳光洒在城门上
仿佛唤醒了沉睡的历史
每当夜幕降临　月光洒在城门上
似乎倾诉着那些未完的故事

洪崖门　你是历史的守护者
见证了无数英雄豪杰的辉煌与落幕
你是一个沉默的证人
记录下了一个时代的风云变幻

站在洪崖门下　感受历史的洗礼
仿佛能听到那些远去的声音
在诉说着往日的荣耀与悲壮
仿佛能看到那些逝去的身影
在城门前留下了深深的足迹

洪崖门　你是历史的见证
你的存在　让我们铭记历史
你的沧桑　让我们感受岁月的流转
你的故事　让我们为之动容

让我们一起　在洪崖门前驻足
聆听历史的声音　感受岁月的流转
让我们一起　在洪崖门后寻觅
寻找那些未完的故事　追寻那些逝去的历史

凤凰门

题记：

　　凤凰门（闭），重庆十七道城门之一。现不存。明洪武四年（1371年），明重庆卫指挥使戴鼎垒石筑城，沿袭旧俗，因台设门，便在金紫门与南纪门之间建了一道闭门，起名"凤凰门"。外有川道拐在南纪门外的雷家坡与石板坡之间的坡坎下，明清至民国，自贡、綦江、贵州的牛羊源源不断地送到川道拐，那里是重庆著名的专业屠宰场。20世纪初，重庆城拆城围之后，重庆的牛羊肉，均是从川道拐经邵家院、伍家巷，经由凤凰门送入城来的，成群的牛羊，不绝于途，经年累月，构成一景。因是，坊间里巷，有歌谣云："凤凰门，川道拐，牛羊成群。"

凤凰门　古今多少事的纠葛
在每一次开关之间
时空交错　岁月流转
每一次飞跃　都是心灵的觉醒
每一次转身　都是生命的蜕变

凤凰门
多少岁月间
你曾经是岁月长河中的节点
曾经是历史大舞台边的看客

有人在这里迎接新生
有人在这里告别过去
有人在这里寻找未来

凤凰门　你见证了太多的悲欢离合
你承载了太多的爱恨情仇

你曾经是希望的象征
也曾经是绝望的符号
你曾经是生命的起点
也曾经是生命的终点

凤凰门　你曾经是一种力量
一种推动人们前进的力量
一种震撼人们心灵的力量

今天　让我们在凤凰门的旧址旁
勇敢地面对人生的每一个挑战
坚定地走好人生的每一步路

金紫门

题记：

　　金紫门（开），重庆十七道城门之一。金紫门紧靠储奇门，在重庆老城的正南方，城门对着江面，没有瓮城。金紫门一带是柑橘船集中停靠的地方。每逢冬季，上游的江津、合川、泸州等地的柑橘收获后，就用货船运到重庆，在金紫门江边停靠，再挑到市区出售。后来，因为修建缆车道路，金紫门被拆毁，遗址无存。

在金紫门里
有一座宫殿

古老的记忆
依然清晰可见
金碧辉煌
紫烟缭绕
一门双宫
辉映着天边

岁月如梭
流年匆匆
这门里的人们
如今已不再年轻

在我的心中
金紫门还在
矗立在长江边的斜坡上
还在见证辉煌的故事

千厮门

题记:

　　千厮门(开),重庆十七道城门之一。千厮门曾是重庆最古老的城门之一,于1930年拆除城墙、修筑码头后,七十年来历经改造,变化巨大,有关城门的遗迹已经保存得很少。据史料记载,千厮门有瓮城,瓮门西向,城门隔江面对江北老城保定门。

千厮门　繁华如梦
灯火辉煌　霓虹闪烁

桥上人来人往　　如织如梭
忙碌的城市　　无暇顾及这门户
曾经繁华的千厮门
随着历史的脚步变得安静了
沉寂冷清的水码头
也少了步履匆匆的行人

千厮门
记录了日新月异的故事
记录了悲欢离合和生死离别
也记录了岁月变迁和安富尊荣
那些故事
早已融入门中
成为它的一部分

千厮门
它静静地守护着这座城市
默默地注视着
街头巷尾的人来人往

人和门

题记：

　　人和门（闭），重庆十七道城门之一。人和门位于太平和储奇二门之间，所谓天地人和，故名曰"人和"。门内有重庆各类镇台衙门，民间歌谣曰："人和门，火炮响，总爷出巡。"清代时，人和门外有神仙洞水沟，从刁家巷、段牌坊流出的水经此处流入长江。人和门高约4米、宽2.6米，较太平门要小巧很多。2012年发掘，现封闭维修，成为现今唯一的闭门。

探访人和门
古今共凝神
石柱苔藓痕
岁月留痕深

沧桑变幻中
故事藏其身
山城夜色深
月照江水潾

门外流水声
门里古韵存
历史长河中
人和门不湮

石板路悠长
岁月任雕镂
古今交会处
人和门依旧

重庆人和门
记忆的源头
承载着历史
见证着春秋

太平门

题记：

　　太平门（开），重庆十七道城门之一。太平门一直是百年重庆城的重要门户，出门渡长江至龙门浩，经巴县背峰、木洞、天赐入南川县，可通往贵州和湖南西部，被称为重庆的"东南路"。城外临长江东去，城内是一条繁华的长街。1891 年，重庆成为中国最早一批对外开埠的内陆通商口岸，不少外国商人来到重庆经商。但他们被限制在南岸租界区里，没有经过许可不能入城。重庆著名的白象街，就位于太平门内，靠近官府，于是有了为洋人办事的买办。当年的白象街上，汇集了百货、银楼、当铺、钱庄和很多行帮，成为百年重庆城最繁华的街道和金融中心。一直持续到 20 世纪 20、30 年代重庆扩城，市中心才开始慢慢移至上半城和新区。太平门一带有很多历史古迹：江全泰号、重庆海关办公楼旧址、大清邮局旧址、中国民主建国会，东华观藏经楼。

太平门　历史的见证者
历经沧海桑田　依旧屹立不倒
它是通向过去的时光之门
让我们可以窥探历史的奥秘
在太平门下　我们感受到岁月的沉淀
仿佛可以穿越时空　回到那个时代
在这里　我们听到了历史的呼吸
感受到了历史的脉搏和心跳

太平门　它是历史的守护者
见证了太多的风云变幻和人间悲欢
它默默地屹立在那里

无声地诉说着过去的故事

在太平门下　我们感受到了历史的重量
也感受到了我们自己的渺小和微不足道
在这里　我们学会了敬畏历史
学会了尊重历史和过去

太平门　你是历史的见证者
也是我们心灵的明灯
你让我们看到了过去的光辉
也让我们看到了未来的希望

在太平门下　我们感受到了历史的温度
也感受到了我们自己的生命力和创造力
太平门　你是历史的瑰宝
也是我们心灵的避风港

太安门

题记：

　　太安门（闭），重庆十七道城门之一。太安门位于重庆市渝中半岛，是古代重庆城防的重要一环，在历史上曾多次在战争中发挥关键作用，保卫着城市的安宁。太安门的名字取国泰民安之意，是重要粮仓所在地，当年从重庆运进运出的粮食都要经过太安门。太安门与南岸龙门浩隔江相望，因此此片区又被称为"望龙门"。太安门内曾有二府衙、城隍庙、文庙等显赫的建筑。遗憾的是，太安门于20世纪20年代被拆除。现在，太安门所在地已是高楼大厦，看不到它本来的样子了。

太安门　太安门
你曾经是一座雄伟的城门
你经历了多少年的风雨
见证了多少历史的变迁
你坚实的身躯
曾经守护着这座城市的粮仓
你高大的门楼
护佑着百姓的温饱

你是一座历史文化的宝库
蕴藏着无尽的宝藏
你是这座城市的骄傲
你让这座城市向城里弯了一个弯
把这里变成了人们幸福的怀抱

站在你曾经屹立的地方
我们在高楼大厦之间听到了你的祝福
在车水车龙里依稀想到你的身影
我们永远会记得
记得给人们带来幸福的曾经的你

翠微门

题记：

　　翠微门（闭），重庆十七道城门之一。翠微门毗邻长江，在朝天门与东水门间，北距东水门甚近，现已不存。《增广重庆地舆全图》中绘翠微门在蔡家湾东口的对面，也是梅葛街的南端。《巴县志·建置·坊表》记载，旌表都御史刘翱的两朝恩命坊在翠微坊，旌表都御史刘应箕（嘉靖二十三年甲辰科进士）三品京堂坊在翠微坊陕西街，都可称在翠微门内。

在翠微门的深处
有一段古老的故事
岁月蹉跎
留下一抹历史的痕迹

曾经的沧桑和荣耀
在砖石上镌刻
风雨飘摇
却永远抹不去那份历史的独特

翠微门的阳光下
有一道美丽的风景线
人群熙攘
交织成了繁华的画卷
每一个过客的故事
在门楣上留下片段
犹如一首未完成的诗篇
留给后来的岁月去解读

翠微门的夜晚
是月光的诗
夜色里的灯火阑珊
是诗人的灵感源泉

储奇门

题记：

储奇门（开），重庆十七道城门之一。储奇门始建于1368年，在重庆城的正南，沟通上下半城。瓮城面向长江上游（即西向），上书"储奇门"三字。"储奇门，药材帮，医治百病"，自古储奇门就是重庆城土特产、山货、药材集散之地。以前，西南各地进贡给皇帝的奇珍异宝都要在这里停留后再转运进京。储奇门也是重庆交通的重要连接点，上半城和下半城正是在此处交连。民国修建码头时拆毁，现仅存遗址石碑。

储奇门　历史上繁华的城门
身躯不存的你印刻在人们心间
仍在巡视着南来北往的药材
守望着城市的生命

白昼的奔波　夜晚的宁静
储奇门　你是生活的见证
你的壁砖　刻满历史的痕迹
你的铁轨　延伸向无尽的远方

储奇门　面对着嘉陵江
波涛汹涌　你从不言败
风霜雨雪　不能撼动你的坚强
储奇门　你是城市的屏障

你一直在静静地守望
在默默地等待

你宠辱不惊
人来人往时你默默无言
渺无人迹时你充满力量

你是历史的印记
见证着时代的风云变幻
在你的庇护下　我们走向未来
走向继往开来的日子

定远门

题记：

　　定远门（闭），重庆十七道城门之一。定远门是明朝戴鼎筑重庆城时专门设置的一道城门，坐南朝北，面对嘉陵江，地处通远门与临江门之间，有城门的形制，有城门的模样，城门却长年关闭。

定远门　古老而又庄严
见证了多少历史的变迁
曾经的战争　留下的伤痕
都已成为这座城的精神

高楼林立　繁华的景象
与古老的城门形成对比
仿佛在诉说着时代的进步
又似在缅怀那逝去的时光

定远门　你是历史的见证

你是这座城的骄傲与标志
无论风云如何变幻
你始终屹立在这里　守护着这座城

岁月流转　人事已非
但你在人们心中依然屹立不倒
你是嘉陵江畔的守护人
让我们铭记你的名字
让我们铭记你见证的五百载历史
让我们和你一起追寻长河击浪的英雄
把他们的精神奉为民族的瑰宝

临江门

题记：

　　临江门（开），重庆十七道城门之一。临江门是一座历史悠久的古城门，建于明代，是古代重庆城的重要门户。从重庆城的地形来看，临江门乃重庆城的正北门，门外辖嘉陵江段水域。临江门下自古是悬崖，是重庆城易守难攻的要塞之一。

江风徐来　临门而立
望穿秋水　倚楼踌躇
逝者如川　岁月奔涌
一江之隔　天涯路漫

晨曦破晓　江面洒金
夜色沉醉　月华洒临
人间烟火　熙攘往来

门畔风霜　岁月无声

临江门下　诗酒谈笑
旧日时光　梦回前尘
岁月无情　繁华如梦
唯有江风　长存心间

门前风景　岁月变迁
临江之影　照见人心
世间风云　世事如梦
唯愿此门　永远守护

山城·夜未央

伫立在巍巍歌乐山下呐喊岁月的名字
天边的晚霞随着嘉陵江的晚风渐次涌来　暖暖的
映照在每一寸心坎上

五光十色的霓虹弥漫在山城的坡坡岗岗上
掩藏不住巷道里的欢声笑语

千年古镇磁器口里更夫的吆喝声
川剧变脸延续了千年的踪影
盖碗茶　大麻花　炸黄花鱼
传统的美食守候家园的烟火

宝轮寺的钟声
护佑着山城子民的安康
阡陌上云影烟雨
化作今夜山城的月光

山城·我的城

命中注定　相遇山城
是我用年华托举的一座城
从懵懂到成熟
用九千个日夜去守护的城
把梦想揣进胸膛
落地成花

在钢铁方阵中摔打灵魂
把信仰铸成铁
把血脉融进错落有致的吊脚楼
我把青春火焰
熊熊燃放在古老的嘉陵江畔
风吹歌乐山的松柏
这明明就是我的青春在舞动

八楼的出口是三层马路的二路车站
穿轨楼的桥头
竟然是嘉陵江和长江的码头
我日夜为你守候
甘把青春与热血献给你
望一眼　满眼是你
我闭上眼
满脑子都是你灵动的样子
于是　我与你相守
此生　不道再见

山城棒棒军

黝黑发亮的皮肤
像永不枯竭的能量磁场
憨厚朴实的微笑
略显沧桑

五尺长的棒棒
挑起了生活的大梁
指粗的麻绳缠绕腰上
撩起了生活酸甜苦辣的惆怅

山城的坡坡坎坎
用肩扛　也用脚步去丈量
每一声吆喝　都是生活的拐杖
每一滴汗珠　都是饱餐的干粮

雄起
雄起　雄起
是你咬牙肩扛的幸福力量
那五尺的棒棒哟
一头挂着乡愁　一头挂着希望
山城的大街小巷　犄角旮旯
都是你追寻梦想的地方

雄起

雄起　雄起

是起肩的号子　更是迈步的力量

那五尺的棒棒哟　就是仅有的家当

一步一步挑起了远方和生活的梦想

雄起哟

为了生活而逐梦的山城棒棒军

烧烤店

周末的傍晚　人间的烟火
烧烤　香飘诱人
铁架上的肉片　翻滚着热情
炭火的温度　绘出生活的颜色

黄昏下的霓虹　微微闪烁
烧烤店　热闹而和谐
邻里的笑声　风中的音乐
交织成一幅　周末的画卷

火光的温度　照在脸庞
是温暖的　是生活的
烟熏的肉串　满口的香味
是周末的　是烟火气的

烧烤店　热闹的夜市
是周末的　是傍晚的
微醺的醉意　满心的欢喜
是生活的　是烟火气的

周末生活的烟火气
一顿烧烤　便是一首诗
无论是微醺的醉意
还是满心的欢喜
都是生活的　都是烟火气的

磁器口雨巷

巷口微光映旧墙　　雨滴轻敲青石板
屋瓦流淌千年水　　行人匆匆步履间

石板路滑心不慌　　雨巷深情更长
谁家窗前歌声起　　似是故人归梦乡

檐下躲雨话家常　　老树依墙笑风霜
古镇静谧心自安　　时光流转情更长

两路口的晨

拨开山城的雾
把山城的晨曦　都聚集起来
洒在两路口街头的犄角旮旯

这座城的甜美瞬间被记忆收藏
丛林里的鸟儿在鸣啭
仿佛给时间指明方向

我在光阴的渡口　　隐藏
无法用脸庞折射
每一丝阳光
芳香和希望却在黑暗中疯长

渝中烟雨

烟雨渝中　风光无限
山相依　文化千年
巴渝古韵　魂牵梦萦
这里的一切　都是我心中的宝藏

渝中烟雨
让我沉醉
让我心驰神往
让我永远难忘

重庆火锅　麻辣鲜香
山城夜景　灯火辉煌
长江之滨　风景如画
这里的一切　都是我心中的美丽风景

这里的人们　热情好客
这里的文化　源远流长
这里的风景　美不胜收
这里的一切　都是我心中的家园

烟雨渝中　我心中的故乡
这里的一切　都是我永远的记忆
渝中烟雨　我心中的家园
这里的一切　都是我永远的归宿

三百梯

题记：

　　"三百梯"指隐藏在重庆南岸南山中的一条神秘古道，是一条渝黔盐茶古道，是历史上商旅行人往返于川渝两地的必经之路，据今已有400多年历史。

今踏遥远的盐茶古道
依稀听到昔日的风嘶马啸
一处处驿站石刻
仿佛在诉说着人声嘈杂的过往
山间清风把侠客情装满了背囊
静待剑出鞘

在那遥远的地方

浩瀚无垠的沙漠里
有一面属于天空的镜子　有人说那是沙漠的眼睛
满目荒凉中　千年不变的坚守

你一定在等　等你心中最俊的情郎
你把痴情的灵魂
装进了纤瘦的躯壳

你像一弯遗落沙漠荒原的新月
波光涟涟　静谧而璀璨
四周荒漠环绕　我看到迎风招展的猎猎战旗
我听到西域古战场冲锋的战马嘶鸣
千百年来　却解不开你那亘古之谜

令人神醉情迷的月牙泉……
你把时光酿成了沙漠之珍
任由岁月的洗礼　光阴流淌
你在荒漠的怀抱中
娴静地卧躺了几千年
穿越唐宋　静观云卷云舒
笑看风起沙舞　掸尘去

泉在流沙中　不干旱　不枯竭
风吹沙落　你涓涓不息

一湾清泉　碧如翡翠

千年之后　依然美丽如初　请原谅我笔拙
难以描绘你优雅的神韵
我爱你
美丽神奇的月牙泉
请接受我的表白

偶遇林芝那一抹阳光

在云雾缭绕的林芝　偶遇那一抹阳光
林芝的美丽　如此瞬间闪现
思绪被扰　心被牵动　忍不住回首
那阳光下的风景　如诗如画　令人陶醉

没有喧嚣　没有熙攘　你独自伫立
那一抹阳光　洒在身上　熠熠生辉
你的身影　在阳光下　显得如此孤独
却犹如万花丛中的一枝　静静绽放

那一抹阳光　温暖而明亮
犹如你心中的热情　点燃了这座城市
你的眼神　如此清澈　如此诚挚
仿佛在说　这个世界　需要更多的爱

偶遇林芝那一抹阳光
让我感受到了生命的美好
让我看到了你对生活的热爱
那一瞬间　我仿佛拥有了整个世界

在茫茫人海中　我们相遇
那一抹阳光　成为我们的纽带
让我们一起　为这个世界
增添一份温暖　一份爱

偶遇林芝那一抹阳光

让我们在这里　不再孤单

让我们在一起　共同前行

因为爱　让我们的生命更加精彩

唐古拉山

雪咆风啸

涤荡彻骨中的灵魂与肉体

哈达与经幡的舞动是否能唤醒唐古拉的沉睡

透过山垭口的风洞　深呼吸

被风吹落的一瓣雪莲

早已读懂唐古拉的多情不羁

星辰作伴　人间滚烫

撒一沓隆达[1]　化作一道彩虹

诵持仓央嘉措的诀别词

在雪山冰川上　盛开一朵格桑花

---

[1]　隆达：藏语"风马"，一种五色方形彩纸，藏族人祈福时撒向天空。

雪山魂

风雪轮回
把你雕刻成一千年不朽的姿势
一片洁白无瑕的冰雪
铸就了你高耸挺拔的身躯
你与白云耳语　与蓝天亲近
雪山脚下的村落
深藏着与世隔绝的画卷
你用冷艳与纯洁
拒绝一切虚情假意的温暖
你用沉默与宁静
坚守内心
你的世界只属于你
庸人难以走进
你的灵魂
俗人也无法一探究竟
也许这就是雪山魂……

独白

嘉陵江上的帆影
渐行渐远
那支船桨
划开了江水的孤寂
春风摇曳着两岸的墨绿
仿佛到处都是你的身影……

已记不清
度过了多少个黎明……
只记得斗转星移
匆匆转变成靓丽的街景
不曾说过的永恒
却画着彼此的心境
似太阳欲搂月亮的腰身

岁月不居　你是最美的风景
岁月老去　相逢却浇筑了情谊之花
岁月静好　且行且珍惜
离别得长久　又何妨

时光·宁兮

漫步在古老的八廓街
人流如潮
人们神情肃穆
口中念念有词
三步一叩首
五体投地　坚定地朝拜着

我感受并近观
更喜欢在这样温暖的时光里
仿佛远离了喧嚣
一朵朵小小的格桑花
倾情绽放　飞舞　飘落
我想　这应该就是一场春风里
视觉　听觉　嗅觉　和谐的清欢

当人的心灵无处安放时
走进吐露芬芳的大自然
绝对是最好的选择

此刻
在"时光·宁兮"书屋中　忘记浮躁
不嗔不怨　不躁不急
心里只剩下欢喜与慈悲……

洁白的哈达

珠穆朗玛的霞光　映红了格桑花的唇
雄鹰飞越沧海桑田　扑进苍穹的怀抱
炊烟缭绕的白帐篷　像洒落在草原上的朵朵白云

劲风尽情地舞动着洁白的哈达
像风信子在天空呼哨
俊男靓女们的锅庄舞　犹如狂啸奔腾的骏马
挥起手中的哈达　抛弃生活的惆怅　忘掉岁月
刻下的忧伤

洁白无瑕的哈达　掠过了流星
拴在皓月之上　一头拽着月老未泯的童心
一头连着草原阿佳卓玛的寸寸芳心
任由游弋的长风　掠过马背上的青春

洁白如玉的哈达
献给每一位朝圣者
献给辽阔壮美的喀喇昆仑山脉
献给喜马拉雅的溪壑山坡
献给驻守边关的万千卫士们
你们日日夜夜守着这巍巍昆仑山脉
与日月星辰并肩
守护着身后的万家灯火
洁白的哈达　献给神奇不朽的丰碑
扎西德勒　扎西德勒呀拉嗦

扎叶巴寺

积雪覆盖了屋脊
风却停歇在寺庙的铃铛上
凝固了整座古城的色彩
万丈光芒洒向无垠的苍茫
笼罩众生

山坡上黑压压的"雅客"
用扎着黄丝带的牛角　刺入了太阳的胸口
从此云层流淌出了　只属于藏地的阳光
在圣洁的雪域　用情怀砌垒起的高度里
满山遍野都是迎风摇曳的经幡
那山　那水　那酥油灯
在静谧的时光中　陪伴那朝圣的人

天上阿里

在阿里　云朵是家的邻里
星辰是生活的琐事　每一颗都闪耀着独特的光辉
我在这里寻找　灵魂的栖息地

在缥缈的云海　思想如鸟儿自由翱翔
每一刻　都融入了无限的可能　唤醒着深藏的梦想
阿里　你是那天空的画卷　绵延不绝的诗篇

寂静的夜空　银河洒下温柔的爱意
星星是遥远的呼唤　点亮了寻觅的旅程
阿里　你是那璀璨的银河　引领心灵的灯塔

大地的怀抱　草原是绿色的波涛
牧歌在风中飘荡　传递着宁静与和谐
阿里　你是那草原的歌谣　抚慰疲惫的心灵

在阿里　我感受着万物的脉动
倾听风吹过草原　望眼欲穿
阿里　你是那灵魂的诗篇　永不停息地歌唱

阿里　你的名字如诗般悠扬
在每一个角落　都蕴藏着无尽的力量
让我将这片天空　永远珍藏在心间

致敬"昆仑女神"杨丽

题记：

　　20世纪90年代，年轻的姑娘杨丽和她的丈夫李军都是支援边疆建设的修路工人。李军在新藏线的修路过程中不幸牺牲。然而，杨丽坚信丈夫还活着，决定留在昆仑山等待他的归来。就这样，杨丽在昆仑山脚下的红房子里独自生活了二十多年。杨丽的事迹感动了无数的路人。她的事迹被媒体报道后，引起了广泛的关注，因此杨丽被人们称为"昆仑女神"。

问世间
情是何物　直教生死相许
痴情总是欠一个承诺
矢志不渝的爱　恰如昆仑巍峨

四季缺氧　云雾缭绕的南疆
在这壮丽耸立的喀喇昆仑
孕育着一则凄美的爱情传说

昆仑女神　坚守在这高高的山巅
用她的柔情驾驭着这里狂野的寒风
她纤弱的肩膀披着白云编织的轻纱
微笑着俯瞰芸芸众生

昆仑女神　她是雪域高原的守护者
昆仑女神　她是山川大地的化身

昆仑女神　她是云端之上的诗篇
她是喀喇昆仑山脉　最悲凄的爱情传说

致敬昆仑女神杨丽
你是自由的化身　勇气的象征
你的果敢和智慧　闪耀着光芒
照亮了我们的心灵　唤醒了我们的灵魂

我心中的冈仁波齐

踏雪无痕在冈仁波齐
我沉默不语　仰止高山
一步一步　虔诚而行

那山高耸入云
那水清澈如镜
那塔庄严矗立
在这片土地上
我寻找着内心的平静

风吹过　带来宁静的气息
阳光洒下　温暖着我的身躯
我聆听着古老的梵音
感受着生命的力量

转山转水转塔
不仅仅是身体的旅程
更是心灵的洗礼

在这片净土上
我放下了世俗与疲惫
只留下对大自然的敬畏
和对生活的无限热爱

生活不只眼前的苟且
随心所欲　砥砺前行
在转山转水转塔的路上
寻找真实的自己
寻找我心中的冈仁波齐

山河远阔

山河远阔　是大自然的恩赐
它们延绵起伏　似乎无边无际
高耸入云的山峰　蜿蜒流淌的河流
构成了壮丽的自然画卷

山　是大地的脊梁　是力量的象征
它们挺拔而峻峭　让人肃然起敬
登上山巅　俯瞰世界　心灵得以升华
山的静谧与宁静　让人感受到宇宙的奥秘

河　是生命的源泉　是生机的象征
它们奔流不息　滋润着大地的万物
河水清澈而湍急　承载着岁月的痕迹
河的宽广与深邃　让人感受到生命的奇迹

山河远阔　蕴含着无尽的力量与智慧
它们见证了岁月的更迭与变化
在山河的怀抱中　我们感受到宇宙的宏大
在山河的映衬下　我们感受到生命的脆弱

山河远阔　是我们的家园　是我们的依托
它们孕育了我们　滋养了我们的灵魂
无论我们身在何方　山河都与我们相伴

无论我们经历何种困难　山河都给予我们力量

让我们珍惜山河的恩赐　保护山河的美丽
让我们感受山河的力量　融入山河的律动
在山河的怀抱中　我们找到归属与安宁
在山河的启迪下　我们追寻梦想与希望

山河远阔　是大自然的馈赠
它们的壮丽与广阔　让人心生敬畏
让我们与山河共舞　与山河共鸣
在山河的辽阔中　书写属于我们的传奇

拥抱星河与山风

星河清浅　山风轻柔
在夜的静谧里　有婉转的歌儿
那是灵魂　在追寻　一份自由
拥抱星河与山风

月牙微翘　夜色如水
山风轻拂　思绪如丝
梦幻的星河　斯人之梦
拥抱星河与山风

斯人之心　犹如星河的深邃
山风的轻柔　正如岁月的歌声
静听山城夜的诗　星河的语
拥抱星河与山风

风中轻吟　星河的秘密
斯人之笔　描绘着蓝色梦
在那山风中　在那星河下
拥抱星河与山风

清酒独酌　星河的璀璨
山风的柔情　正如斯人的温情
在那星河下　在那山风中
与山风相拥　便叩醒了自由的灵魂

星光熠熠　山风悠悠
斯人的歌儿犹如岁月酿的酒
醉在星河里　醉在山风中
自由如诗　如诗如梦

今夜拥抱星河　轻抚山风
斯人之心　承载着自由的梦
在静谧的夜里　作伴璀璨的星河
放声高唱　属于星河与山风的歌

世外桃源

在喧嚣的城市之外
有一片世外桃源
那里没有繁杂的琐事
只有大自然的纯净和宁静

白云在蓝天下自由飘荡
绿树成荫　百花齐放
溪水潺潺　宛如仙乐
在耳畔低语　向你诉说着自然的故事

那里的人们生活简单而幸福
他们没有过多的贪欲和浮躁
他们与自然和谐相处
共同守护着这片美好的土地

在这个世外桃源里
灵魂可以得到彻底的放松和舒展
在这里　你可以感受到大自然的力量
感受到生命的意义和价值

这个世外桃源
是我们在内心深处寻找的净土
让我们在繁忙的生活中
找到一片属于自己的宁静之地

山风与我

旷野中山风轻拂我脸颊
吹散了尘世的喧嚣与浮躁
它带来清新脱俗的气息
让我的心境在宁静中升华

山风如诗如画渲染着晚霞
吹动着山谷里摇曳的风铃
它带来自然的醇厚与柔软
让我的心灵得到滋润与温暖

山风是自由的使者
在山间肆意自由自在地飞舞
它带来自由的快感
让我忘却凡尘一切的束缚

山风是生命的旋律
在山谷中奏响美妙的乐章
它带来生命的活力
让我感受到生命的张扬

山风与我相伴
在山间畅游无忧
它带来宁静与安宁
让我的心灵得到净化

山风与我相知
在山巅放飞自我
它带来勇气与力量
让我追逐梦想的脚步

山风与我相依
在山脚下共同成长
它带来希望与坚持
让我有了勇往直前的决心

山风与我相伴
在山间找到自我
它带来平静与宁和
让我与山风一同飞翔

晓看暮色

挽一缕清风
与春色并肩极目眺望
那轮红日把傍晚燃烧成通红的晚霞

捻一指花香绚烂了人间的烟火
一颗流星划过犹如千百次的回眸
那些被夜风吹散的回忆　此刻又相遇

黄昏的朦胧　轻点了月色的阑珊
独自沉醉　在无边的静谧时光里
月还是那样的月　风还是那样的风

敞开心扉　翻阅心中的诗页
不承想这里贮藏着无数的铁骨柔肠
为谁守候着一朵为黎明而开的花

潋滟晨曦一地斑驳的时光

黄昏

夕阳西下
天边留下一道金色的印记
黄昏来临
给大地披上了一层温柔的纱衣

远方的山峦
如诗如画　仿佛在梦境中漫步
落日的余晖　照耀着大地
仿佛在诉说着千年的故事

路边的花草
在黄昏变得更加娇艳美丽
仿佛在为这一刻的辉煌而绽放
让人不禁心生感慨

晚风轻拂
带来了一丝丝凉意　让人心境平如水
仿佛在告别繁华的世界
迎接宁静的夜晚

时光
似乎在慢慢地流淌
让人追忆往昔的岁月
黄昏

总是让人不禁陷入深深的思考和感悟中

天边的夕阳
渐渐地消失在地平线上
黄昏的美丽
也随之慢慢地消逝　让人惋惜不已

然而　黄昏的美丽
不需要用言语来表达
只需要用心去感受
去品味那一瞬间的美好

晚霞

映红了半边天的晚霞

似一幅绝美画卷

摒弃了繁杂和喧嚣

那律动的光阴

带来了返璞归真的宁静

此刻　每个生命都收敛了任性

洒脱而完美地休憩

无论你是璀璨辉煌

或是平庸无奇

皆成为过往云烟

红尘旧梦里

每一个角色

都经不住光阴的消磨

慢慢老去

没有谁能够逃脱

时序周而复始

自然的法则

不必为萧瑟的景致惆怅

岁月苍茫中

以素朴的雅量

去安顿

每个生命的清欢

夜色

浸染了墨色
蔓延在画卷的角落
悄然绽放的夜
月亮挂在天际
如孤独的守望者
洒下银色的光芒

夜色如水
洗尽了白日的喧嚣
沉淀在寂静的湖底
星星在闪烁
似乎在诉说着夜的故事
微弱而坚定

是谁在夜色中漫步
倾听大地的呼吸
寻找那游荡的灵魂
夜色是诗
是歌　是梦
是灵魂的独白
在这夜色中
我们都是孤独的旅人
寻找着那一抹月光
夜色如画

描绘出人间的悲欢离合
却找不到属于自己的色彩

夜色如诗
流淌在每一个心灵的角落
唤醒沉睡的梦想
在这夜色中
我们都是诗的读者
品味着这夜的醇香与寂寞

六月

山风恰似一把长长的剪刀
剪断了六月黎明前的黑暗
十年寒窗苦读　成败皆在七八九

七月

七月
夏日的狂欢
阳光灿烂　热度非凡
草木葱茏　生机勃勃
在这个月份里　世界变得温暖而热情

七月
诗人的灵感
阳光下的文字　轻松而灵动
情感丰富　思维敏捷
在这个月份里　创作变得轻松而自然

七月
人们的笑容
夏日里的欢乐　灿烂而真诚
笑容灿烂　气氛欢快
在这个月份里　心情变得愉悦而舒畅

七月
生命的活力
夏日的气息　充满着力量
激情四溢　生命在燃烧
在这个月份里　生活变得充满活力

七月
是夏日的狂欢
让我们融入这热情的氛围
感受生命的活力　享受生活的美好
让我们一起在这个月份里
释放自己的情感和热情

别样的七月

七月的阳光洒满大街小巷
照耀在行人繁忙的脚步上
在这个寻常的日子里
我却感受到了别样的光芒

七月的花朵在绿叶中绽放
像是秘密的爱恋在心中激荡
那些普通的景色
在我眼中变得如此鲜亮

七月的微风拂过脸庞
仿佛轻柔的抚摸　让人心旷神怡
在这舒适的夏日时光
我感受到了别样的轻盈

七月的蝉鸣在耳边响起
它们的声音如此响亮而清澈
在这悠长的白昼
我听到了别样的热闹与寂静

七月的夜晚降临
星星在夜空中闪烁　如同一幅画卷
在这个静谧的时刻
我感受到了别样的温暖与清凉

七月的别样　　如梦如幻
在这个特别的日子里
我感受到了生命的美好与不可思议

七月的火把节

七月的火把节　　热情洋溢
照亮了黑夜　　也照亮了心绪
光影交错　　梦与现实相遇
人们的骄傲　　在这一刻得以展现

火焰熊熊　　热情如火
燃烧了寂寞　　也燃烧了惆怅
欢歌笑语　　舞影婆娑
心头的喜悦　　在这一刻得以宣泄

香浓的酒　　甜美的糖
琳琅满目的商品　　熙熙攘攘的人群
热闹的街头　　灯火通明
生活的美好　　在这一刻得以呈现

七月的火把节　　是记忆的碎片
是情感的流淌　　是灵魂的呼唤
岁月的痕迹　　在火焰中闪烁
故事的花朵　　在黑夜中静静绽放

七月的火把节　　是生命的礼赞
是希望的歌唱　　是信仰的坚守
烈焰燃烧　　照亮了未来的路
心灵的火把　　在黑暗中照亮了前行的方向

八月 我们的青春

八月 我们的青春如烈火燃烧
在金色的阳光下 热情奔放
那些日子 汗水洒满了田野
梦想的种子 在心中悄然生根

我们的青春 像一首未完成的歌
在岁月的长河中 慢慢谱写
那些旋律 洋溢着无尽的希望
在每一颗心中 奏响激昂的乐章

青春的我们 勇往直前
在未知的旅途上 无畏无惧
向着阳光 我们奋力奔跑
让梦想的翅膀 在天空中翱翔

八月的风 吹过我们的脸庞
那是岁月的痕迹 那是成长的记忆
让我们铭记 那热血沸腾的青春
在心中永远闪耀着不灭的光芒

八月 我们的青春 如诗如画
用热情和梦想 勾勒出最美的篇章
让我们拥抱 那充满阳光的八月
让青春的歌唱响 无尽的辉煌

春雨入心

明媚的午后　也有阴晴不定
山风欲吹断　那成珠串的细雨
雨是云儿撒落人间的花瓣
曳曳而深情地下
山被雨帘隔断　此景令人心生欢喜

深情而执着的雨　却有另一层隐喻
是掩饰　是珍藏
是女娲补天时故意留下来的窟窿
来浇灌每一个洁净如斯的灵魂

那个守雨的糙汉子
静静地坐在多情的雨中
任凭那肆意的雨尽情地吹打
纹丝不动
这场雨　从天而降
轻轻地疗治了　春日之伤

寻找童年的夏天

在纷繁忙碌的生活中
我时常想起那遥远的夏天
那时的阳光　那时的绿草
那时的欢笑　那时的我们

夏日的午后　阳光穿过树叶
洒在泛黄的小书上
我坐在藤椅上　静静阅读
感受岁月静好　光阴如梭

小卖店的冰棍　总是那么诱人
拿在手中　便能感受到清凉
那是夏日的味道　那是童年的记忆
让我在喧嚣的城市中　找寻那份纯真

大海的蓝色　是那么深邃
浪花飞溅　海鸥翱翔
我赤脚走在沙滩上
感受着海风的吹拂　忘却了烦恼

那时的我们　是那么无忧无虑
在青青草地上尽情奔跑
在涓涓溪流中捉小鱼
长长的巷子里　传来欢声笑语

如今　岁月已逝　时光荏苒
童年的夏天　只能在回忆中寻找
但那时的美好　那时的快乐
永远镌刻在我的心底　永不消逝

让我们在繁忙的生活中
不忘初心　不忘童年
在心灵深处　保留那份美好
让我们在追寻中　找到生活的意义

初秋·浅念

初秋的微风　如梦似幻
轻轻吹过　带走了夏日的热焰
带来了收获的喜悦和淡淡的思念

天空湛蓝　云朵像绵羊般悠然
大地上　金黄的麦穗在微风中翻滚
落叶在秋风中翩翩起舞
这一切都在诉说着秋天的故事

心中那份浅浅的思念
如同初秋的阳光　温暖而宁静
想起了远方的战友
想起了那些曾经一起度过的美好时光

岁月如梭　时光荏苒
我们都在不断成长　不断变化
但愿这份思念和友情
能够如初秋的阳光般永远灿烂

初秋的夜晚　月光如水
静静洒在大地上　如诗如画
在这宁静的时刻　我想念着你们
愿这份思念　如同月光般纯净　如同流水般永恒

浅秋时光

在浅秋的时光　风儿轻拂过大地
悠然地　悠然地　唤醒沉睡的绿意

叶儿轻轻摆动　与风共舞在空中
沙沙的　沙沙的　是它们的私语

阳光透过叶片　斑驳地洒在脸上
暖暖的　暖暖的　如同被温柔地抚摸

思绪在时间中游走回忆在脑海中闪烁
一些的　一些的　是曾经的感觉

浅秋的时光是悠然的　宁静中充满了生动
静谧的　静谧的　是内心的安宁

生命在浅秋中流淌　体验在时光中沉淀
深深的　深深的　是存在的真实

让我们在浅秋的时光中感受大地的呼吸
静静地　静静地　与世界共舞

浅秋如夏

浅秋如夏 时光荏苒
空气中的温暖 抚慰着我的心房
阳光透过树叶 洒在路上
照耀着每一个梦想 轻轻唤醒

微风拂过 像一首悠扬的旋律
伴随着轻快的步伐 舞动着生命的节拍
那浅浅的秋 像一幅画
在眼前徐徐展开 满是色彩

蝉鸣声此起彼伏
但记忆里的炎热 依旧清晰
无论是挥汗如雨 还是秋高气爽
季节总是白驹过隙……

那感觉 像夏天的尾声
在浅秋中淡化 如梦似幻
让人不禁想起那些美好的瞬间
在心中酿成一份淡淡的思念

浅秋如夏 时光荏苒
让时光记录着每一个快乐瞬间
把美好的回忆 镌刻在心间
让生命的每一个季节 都充满诗情画意

秋水长天

秋水长天　落霞孤鹜齐飞
缥缈间　思绪随青烟袅袅
流年似水　岁月如梦
繁华落尽　留一地凋零的思绪

长天如泣　泪水融入流光
洒落一地的忧伤　谁来抚平
断鸿声里　望尽天涯路
思念如波　翻滚着无尽的悲凉

秋水共长天一色
凌乱的思绪如同飘零的落叶
记忆的碎片　随风飘散
化作一缕轻烟　消逝在长天尽头

如梦似幻　繁华如烟
秋水长天　诉说着无尽的思念
愿岁月静好　流年不负
化作一江水　向东流去

我们重逢在这个秋天

——赠战友刘福军

在金色的秋天　我们重逢
福军战友　多年的分别
终于化作此刻的团聚

秋风轻轻吹过　带来些许凉意
却抵不过我们心中的热情
树叶在风中簌簌作响
如同为我们奏响重逢的乐章

我们握紧双手　眼中的泪水
流淌着昔日的友情与磨难
那些年　我们曾携手走过
如今　再度聚首　恍若隔世

时光荏苒　岁月如梭
它带走了青春　却留下了记忆
福军战友　你的容颜虽已不再年轻
但那颗坚定的心　却依旧充满力量

我们谈论着过去　分享着彼此的故事
那些曾经的战斗　如同昨天的记忆
而今的我们　虽然已经年长

但依然心怀梦想　追逐着未来的希望

秋天的离别　总是让人感伤
然而　这次的分别　却让我们更加珍惜
福军战友　我们的友谊如同这秋天的阳光
永远灿烂　永不消逝

让我们在秋天的告别之际
再次拥抱　再次握手
祝福你　福军战友
愿你在未来的日子里
幸福　健康　快乐每一天

2023 年 8 月 10 日作于山城重庆

邂逅秋天

在枯黄的秋叶间
我邂逅了岁月的变迁
沉浸在寂静的山涧溪流边
思绪如落叶般飘散

秋风轻拂过我的脸庞
带来一丝凉意和忧伤
这熟悉的季节
让我想起那遥远的过往

我在秋天的画卷里
寻找着曾经的痕迹
那些温馨的回忆
如今已化作一片片黄叶

岁月匆匆　无情地变迁
唯有秋天的韵味永存心间
我闭上眼　感受这宁静的美
让思绪在秋意中自由飘荡

邂逅秋天　我学会了珍惜
懂得时光如流　稍纵即逝
愿我们都能把握住现在
让美好的瞬间留下永恒的印记

半纸闲情寄秋分

九月的微风萧瑟吹过了花木枯荣
逝去的昼长与热忱化成了秋雾缠绵
草碧桂丹的尽头是悲喜　还是苦乐

淅沥秋雨无意碰触到了心灵的涟漪
偶得半盏茶的时光与夏日长风道别
心绪萦　话桑麻　抚不平挥不去的乡愁

忽起的秋风　吹皱了惊鸿一瞥的昙花
一地盛夏繁花似锦　不如天凉好个秋
一念白茶一念清欢　半纸闲情寄秋分

白露时节

微凉的夜色
悄悄地爬上枝头　偷吻着秋月
那醉人的微风轻轻拂过　落叶飘摇
似乎在诉说着岁月的沧桑曲折

九月的清香　飘散在漫山遍野
那是大自然的馈赠　沁人心脾
清晨的露珠　晶莹剔透犹如珍珠
凝结着白露时节的美丽与自信

朝阳初升　暖洒大地
草叶上的露珠　闪耀着自由的光芒
细雨纷飞　洗净尘埃
让心灵在这清新的季节　得以释怀

秋水邀九天

秋水迢递　在九天深处
一脉悠扬的诗篇　如银河般流淌
枫叶翩翩　舞动九天的旋律
在季节的交替中　述说着岁月的变迁

秋水如镜　倒映九天的美景
生命在此刻交汇　流光溢彩　如诗如画
九天的云彩　随风轻盈舞动
如诗人的笔墨　挥洒着无尽的灵感

秋水之畔　静听九天的声音
在寂静中寻找　那一份深邃的感悟
春天的色彩　是岁月的馈赠
在秋水的诗行里　凝结成永恒的美景

秋水之歌　在九天之间回响
那一曲悠扬的旋律　如诗　如梦　如幻

作于 2023 年 8 月 12 日

冬夜

冬夜的冷峭　伴随霜雾降临人间
我猜　那是属于风霜的管辖
每一片雪花都肩负着使命与希望
也是小小的春探子
它们被悄悄地派遣到这里来等候
等待风信子　把绿芽唤醒
你瞧瞧　那从枫叶丛中探出头来的
便是顽皮倔强的杏芽

冬夜　在这月色朦胧里沉沦……
那些陈旧唯美的故事　随风摇曳
那一段段有血有肉的故事　真动听
江边的柳风　开始厌倦了严冬
江岸的春色　于是就穿着芭蕾舞鞋
静悄悄地来了　好像还没被发觉
冬夜里的小精灵们　似乎忘了寒冷
还有一些
我不说　你也知道的

因为冬夜知道
趁着星光赶路的人也知道

第四辑

青花蓝·生活、诗与远方

野营

摘一轮红日
悬挂在深邃的夜空下
沉浸在寂静中
遍地营火熠熠摇曳
恰如诗人的灵魂在舞蹈

山风拂过寂静的田野
人间烟火的香气弥漫在空气中
远山的轮廓在月色下绵延
犹如一幅泼墨山水画
帐篷旁　疲惫的旅人
在虫鸣声中悄然入睡
星光如泪　滴落在
这片梦幻般的田园

夜色中的营地　如梦如幻
静听心跳　仿佛能听见
大自然的呼吸与诉说
在这无尽的宁静中流淌

诗人独自坐在篝火旁
手中握着诗篇　心中藏着故事
夜色如幕　月光如织
他用文字编织着心灵的声音

夜色渐深　营火渐暗
夜幕宁静而深远
诗人起身　向着无尽的夜空
低声吟唱着这片土地的赞歌

夜莺的诗篇
在大自然的怀抱中永恒
如同一首永远唱不完的歌
让心灵在这里找到宁静与温暖

清明寄哀思

——怀念爷爷

摘一朵白花　捻出哀思的文字
点一盏心灯　照亮您的音容笑貌

记忆永远定格在那一场人间相约
泪洒衣襟　转身便是离别

梦里常常深陷相遇　却不能醒转

唯有青梅煮酒　挥毫泼墨敬祖上
在文字里酿一场　重逢相拥的高光

遥遥相望　仿佛看到了您也热泪盈眶
四月的细雨　似穿透了无尽哀思的帘

朦胧中那一抹相思　在梦里若隐若现
转瞬即逝的时光　像划过夜空的流星

今生今世的相遇总是那么刻骨铭心
我想凭我愚钝的笔　写尽您一生的时光
也怎么也描摹不出　您慈祥的模样……
在这人间四月天里　总有抹不去的淡淡忧伤
那一缕缕淡雅清香　是惦念　是感伤

于是我在人间收集　所有的花香
有感恩　有怀念　有心语　有祈愿……
把累积在心房寄语　整理成一只只香囊　抛向了远方……
把香烛烟雾中每一份祈祷　剪辑成了哀思与怀念……

采莲姑娘

在夏日的热浪中　我漫步在湖边
那碧绿的莲叶　摇曳在水面
只见采莲的姑娘　轻盈的步履
穿越岁月的河流　仍带着那青春的朝气

阳光洒在她的笑颜上　如同初升的晨曦
她手中捧着那朵盛开的莲
它的花瓣如同粉色的梦
在她的世界里　散发出美丽的光芒

她轻抚着莲叶　如同抚摸着希望
在缥缈的湖面　留下她悠然的足迹
这是她的舞蹈　这是她的诗篇
在每一个涟漪中　都荡漾着她的欢快与自由

采莲　是她的故事　是她的情感
在莲的尽头　她找到了生活的甜蜜
这个夏天　这段时光　都化成了诗
在她的心中
那是一首永不消逝的采莲之诗

城堡

迎着风　迎着雨　迎着昏暗的天空
执着于心中的城堡　奋力跋涉
泥泞的山路　出卖了我伤痛的脚踝
疼痛提醒着我　生命的苏醒

命运的起伏　犹如一座火山
其实出口　就在我的灵魂之上

无惧风雨　无惧风浪
在这场雨中　就在这场雨中
就在风雨中让我还原童年的希冀

在那个物资匮乏　荒草萋萋的年代
要出发的愿望　持续到达
因为初心和梦想　爱上了一座城
而这座城恋上了我的一生

万丈红尘中的每一粒沙尘
都在命令我　即刻出发
坚守我注入生命的城池　决不言弃
让过去与未来裂开一道深渊

在这路遥马急的人世间
一次次狂风暴雨倾泻的长夜
广袤天宇　忠诚依旧照亮心房

渔夫和鱼

用鱼竿拨弄那一湖春水
再用夜漂铺成轴线
藏在另一头
而我却裸露在外

粗糙的言语
不及我的一往情深
终究　也无法向你表述
来生我愿做条鱼

我专注你的浮游与过往
渴望与你今生偶遇……
我成就了你的笑而不语……
你却把铁钩埋在我
最坚硬的骨头里
痛惜前世今生
来探测那伤口究竟有多深

向云端

向云端　心在缥缈间
遥望天空　思绪随云迁
梦想　如同白云
在蔚蓝的天空下　悠然自得

飘逸的云　是天空的诗
载着我的梦　向往无垠的天际
每一朵云　都是我的独白
倾诉着内心深处的向往与期待

云端　是心的航向
逃离沉闷的空气　奔向自由的天空
在那片蔚蓝里　寻找生命的意义
在云端　感受生命的无限可能

向着云端　心在翱翔
如同飞鸟　追逐天空的痕迹
向着未知　勇往直前
在云端　寻觅未知的答案

云端　是理想的彼岸
承载着梦想　扬帆起航
向着云端　心在飞翔
在天空　书写生命的华章

致敬舞者

舞者　你在舞台上绽放
犹如一只自由的鸟
在音乐的节奏中飞翔
用身体演绎生命的歌

你的舞姿优雅而动人
每一个动作都是诗
用身体的语言诉说
生命的故事和悲欢

你的身姿曼妙而有力
如同一幅优美的画
用身体的动作
诠释生命的真谛

致敬舞者　你是最好的你
无畏地展现自我
用身体的灵魂
演绎生命的华章

舞者　你的每一个旋转
都是对生命的礼赞
用身体的韵律
诠释生命的美丽

致敬舞者　你的舞姿自由
你的灵魂无畏而高贵
用身体的舞蹈
诠释生命的力量

拾掇时光

花香总是不请自来
阳光很治愈
清风徐徐　吹拂一地春光明媚
沁人心脾的芳香　氤氲了流年

世间万物的美好
总有一瞬间让你我忘了生活的荆棘
忘了那些絮絮叨叨的琐碎
拾掇慢吞　已到唇边的欲语

下笔还休
旧时光掩藏了潮涌的回忆
却未曾掩埋胸怀初心的样子……
唯有在文字里朝圣的人
怎肯放过一壶春秋
那就自斟自饮
那就半醉半醒
那就扶起一半风霜一半风月的日子

笔尖下有月缺的等待
有花开花落的叹息
也有无法释怀的沉默
你说晨曦的朝霞

早已爬上山顶上的树梢
我说我热衷于尘世中夕阳下的烟火
也乐于在文字里供奉灵魂

娘是小贩

在生活的皱褶里　娘当小贩
吆喝着旧日的痛和辛酸的希望
她的摊位是岁月的烙印
我和娘的故事
都在这人生道场中
娘的话语如风　轻轻扬扬

娘的笑容如黄昏的晚霞　虽淡却温暖
哪怕生活的艰辛　如暴雨倾盆而下
她的笑容仍然坚韧如初
像那岁月里的灯塔
为我在黑夜中指引方向
照亮前行的路

娘的手　那曾经抱我入睡的手
如今托着生活的重量
在她的掌心
我看见了生活的磨砺和坚韧的力量

娘当小贩
她的辛勤和努力织成了我的诗篇
让我用文字　将她的故事传唱

娘的眼眸如星辰

闪烁着智慧的火花
在她的眼中
我看到了生活的深度和无尽的宽广

娘当小贩
她的坚韧和智慧是我人生的教科书
教会我如何在生活的风浪中
保持坚定的信念

娘的故事
就像一首未完的诗歌
有痛苦　有欢笑　有悲喜　有释怀
有生活的酸甜苦辣
也有人世冷暖的沧桑变化

娘是小贩
她的故事是我记忆中永不褪色的年轮
娘用瘦弱的身躯扛下所有的磨难
为儿女撑起了避风的港湾

娘是小贩　却是儿女心中的城堡
她站在小巷的尽头
背影消失在远方
只留下一串脚印
渐行渐远

戏中戏

一曲催得世人泪
几度春秋几载梦
谁言戏子无情义
可怜一片痴心衷

古今多少事
尽在弹指间
人生如戏戏如梦
且把浮生演一场

生旦净末丑
浓妆淡抹总相宜
人生如戏戏如梦
演绎着世间红尘中的悲欢离合

在雨里　放逐自己

在雨里　放逐自己
雨滴轻轻地敲打着窗户
我静静地坐在角落里　思绪像雨水
纷纷扰扰　在我心中跳跃
我放逐自己
在这雨的世界追寻着
那些被遗忘的梦想

雨水洗涤着我的灵魂尘埃和疲惫
洗去我在雨中　放逐自己的思绪
让它们自由地飞翔像雨滴一样
自由地落在这个世界上并留下痕迹

雨水打湿了我的发梢
我感受着雨水冲刷的清凉
仿佛是一种解脱
一种释放　让我找回自己的本真
我在雨中放逐自己的痛苦
让它们随着雨水一起流淌
在这片湿漉漉的世界里
我仿佛找到了疗愈的力量

真相

这尘世间
恐惧锃亮的光芒
窖藏已久且响亮的呐喊
都被淹没在了地平线以下
真相以倒叙的形式存在着
哪怕只有一缕光渗透进来

如果思念可以变身

如果思念可以变身
我愿化作微风
轻轻拂过你的脸庞
为你带来温暖和安宁

如果思念可以变身
我愿化作阳光
照亮你的每一个角落
给你带来无尽的光明

如果思念可以变身
我愿化作雨水
滋润你的心田
为你带来清新和滋养

如果思念可以变身
我愿化作星辰
闪耀在你的夜空
为你带来希望和梦想

如果思念可以变身
我愿化作诗歌
用文字抒发内心的情感
为你带来温馨和感动

如果思念可以变身
我愿化作时间
停下它的脚步
陪伴你度过每一个瞬间

如果思念可以变身
我愿化作一切
只为能与你相伴
直到永远

思念如茶

在心灵深处埋藏的思念
慢慢发酵　变成了浓郁的茶
它在心底弥漫着淡淡的苦涩
让人无法忘怀　又无法割舍

茶香袭来　是思念的味道
那些曾经的点点滴滴
如同一幅幅画面
清晰地展现在眼前

思念在茶的苦涩中沉淀
那些曾经的温柔与关爱
如同一曲曲歌谣
在我心中回荡

茶中的思念　如潮水般涌动
它带着你的影子
在我心中一直存在
即使你不在我身边
我依然能感觉到你的存在

思念如茶　它是我的心灵支柱
在它的熏陶下
我学会了珍惜和感恩

即使你不在我身边
我也会用思念的美好
来慰藉自己内心的孤独和寂寞

仪式

把苟延残喘的样子贴在镜框里
于是便看清了生活的模样
把影子装在套子里
就是所谓的仪式

露营拾遗

星空下　帐篷摇曳
静听风声　宛若琴弦轻响
夜色赋予画面　一抹柔和的灰蓝
大地成为画卷　野餐垫是唯一的温暖

月亮独挂　如诗人的灯盏
照亮营火　跳动着岁月的暗淡
枯枝烧裂　如诗句的悠然
唤起山水的无垠　唤起露珠的璀璨

啤酒罐　悠闲的寂寞
在素白的灯光下　显出岁月的轮廓
疲倦的灵魂　在夜色中寻得一份宽绰
在诗与远方中　找到生活的课本

山风轻刮过　带着大地的芳醇
似乎每一颗露珠都藏着故事的源泉
黑夜的沉静中　听得见心跳的清脆
在这自然之境　唤醒最真实的自我

而遗忘　是这片土地的赠予
把忧虑抛却　只留下诗句的温存
在露营的拾遗中　我们找回生活的初心
在星空的指引下　我们找到了灵魂的安放

营火渐熄　夜色更显深沉
帐篷之外　星辰大海如诗
这一刻的宁静　如此纯净而深沉
仿佛在世界的尽头　找到了诗意的永恒

露营拾遗　是自然的赠礼
在远离尘嚣的夜晚　寻找生活的真理
在这片无垠的夜空下　我们都是诗人的化身
用心灵的笔触　描绘出星辰大海的诗篇

暗香

暗香浮动　空气中
有一种无言的承诺
在寂静的夜晚
缥缈的花香
是那温柔的回忆
是那淡淡的思念

岁月如梭　时光荏苒
那花香仍在我心中
在我每一个梦里
那花香伴我前行
是我内心的支撑
是我灵魂的归宿

那暗香　如此微妙
如此令人心动
它在我的记忆里
永远不会消逝

暗香涌动　它在空气中
如此静谧　又如此强烈
它是一种感觉
一种无法言说的情感

它是我过去的记忆
是我未来的希望
它是我心中的温柔
它是我灵魂的向往

暗香浮动　　永不停歇
它在我心中　　不断涌动
它是我生命的动力
它是我存在的证明

暗香　　暗香
你永远是我心中最美的存在

文学求索

让身心在文字的海洋中漂泊
我在寻找生命的答案
也在用笔尖探索未知的路
让墨水书写历史的篇章

是悲欢离合　是爱恨情仇
是人生百态　是世事沧桑
我深入挖掘　不知疲倦
只为那一份执着的追求

我与文字共舞　与诗意同行
走过山川河流　穿越时空长河
探寻人性的真谛　找寻生命的意义
在那条文学求索的路上　永不言弃

繁花似锦　岁月如歌
我漫步在文字的花园
采撷每一株奇花异草
品尝每一个故事里的人生
我用心感受世间的温暖
用笔记录生命的痕迹
让我的诗篇　如春风拂面
带给读者希望与梦想的火花
文学求索　永无止境

我将一直前行　直至世界的尽头
用我的诗篇　用我的情感
为这个世界增添一抹温暖的光辉

有趣的灵魂

在繁华的世界里　有趣的灵魂
像一颗独特的星辰　照亮了黑夜
它不追求名利　只追求内心的狂喜
在思绪的海洋　灵感的源泉

有趣的灵魂　如风般自由
它不为规则所困　不为常人所累
它翻阅着书本　汲取着知识的营养
它挥洒着汗水　追逐着梦想的光芒

在漫长的岁月里　有趣的人
就像一抹绚丽的色彩　点缀了苍白的生活
它不畏惧困难　不怕失败的打击
它用勇气和坚持　书写着属于自己的传奇

有趣的灵魂　如同彩虹的尽头
它寻找着未知的领域　开拓着新的疆界
它聆听着世界　感受着生命的力量
它用独特的视角　展现出别样的魅力

有趣的灵魂　是一首美妙的乐章
它用热情和才华　创造奇迹和美好
它是生命的主人　不被命运所左右
它行走在大地　留下了不朽的印记

刻在我心底的名字

刻在我心底的名字
时刻萦绕在心间
想念的思绪不曾停歇
犹如春风拂过脸庞

名字如花般绽放
在岁月的长河中绚烂
无尽的思念如绿叶
挥之不去　难以忘怀

那曾共度的时光
在记忆中回放
每一个细节都如此清晰
如梦一般挥之不去

名字是爱的符号
是心灵的纽带
是永远的记忆
是珍贵的宝藏

刻在我心底的名字
永远不会消逝
它是我内心深处的牵挂
是我永不褪色的爱

文友赠书

题记：

　　重庆第三届中青年作家高级研修（非虚构）班同学陈泰涌赠书《白
色救赎》。

文友相聚多欢笑　　手中赠我书一本
翻开页面闻墨香　　字句精妙易入心

书中世界宽无边　　知识浩瀚如海洋
增长智慧启思考　　开拓视野凌云上

字里行间情意浓　　友谊深厚似古井
感恩文友赠书情　　珍藏心中永难忘

浪淘沙·文友聚会咏怀

一笔墨香写春秋
文学殿堂齐欢颜
新时代里齐担当
千文万字爬格苦
文叙时代展光芒

不惑春秋已垂霜
岁月虽匆忙
沧桑历尽看炎凉
文学生涯情结在
心底最珍藏

与时光共舞

春雨和煦风

被溜溜的云彩浇合在一起

洒落在云雾之巅

莫名有一种风轻云淡的情感

不知是潮涌嘉陵的澎湃

还是风动歌乐的悸动

席卷着　久违久违的第二故乡

顿悟间　那漫山遍野的山花竞相烂漫

长嘶的战马　俯身深情地深吻

山谷涧每一株花草的芬芳

沁人心脾　回味无穷

那更是千万种精神的荡气回肠

回首来时的路　一路披荆斩棘

一笑忘归途　谁把流年妄度

冷街

红火的灯笼　挂在冷冷的街巷　执着地燃烧
奈何繁华落尽
喧嚣的人群　早已消散得无影无踪

更夫的锣声　清脆到连风都小心翼翼
夜色斑驳　月光与阑珊灯火交错成影
街中央矗立着一条长长的　移动的影子
把月色拉成了弯钩

表白

我要写一首给冬天的情诗
把雪花泡在瓷壶中　加点诗
温润着冻僵了的身体与灵魂

把漫天飞舞的雪花　轻轻摘下
折叠成童话里的白垩纪
来深情地拥抱这个冬天

收获满仓　木叶满地
而我的执念　始终如一
把山地劲旅的精神　永远钉在心上

我要写一首婉约的情诗
来告慰这个冬天的盛装
情起一时　情浓一世

巍峨耸立的歌乐山主峰　只有你
也许是一场来不及的告白
在冰雪落尽之时　我只想告诉你
我爱你　我深深眷念的第二故乡
无关归期　不怨别离

2022 年 12 月 19 日作于西部战区某驻地

孤注一掷

在漆黑的夜　我独行在时间的洪流
手中的骰子　在决定未来的路口
孤注一掷　向着未知的尽头

在这漫长的旅程　我从未畏惧过黑暗
因为我知道　每一次选择
都是用决心与勇气点燃的灯塔　驱散迷茫

那些说过的话　走过的路
如同风中的尘埃　缥缈而真实
曾经笑过　哭过　爱过　痛过
在生活的棋盘上　孤注一掷

曾经是那无垠宇宙中的一粒尘埃
飘摇在狂风中　不知去向
然而　我坚信　即使微小如我
也有能力决定自己的命运　孤注一掷

在这漫天的繁星中　我寻找答案的痕迹
在这无垠的宇宙中　我寻找命运的线索
我告诉自己　不要怕　不要悔
只需坚定地向前　孤注一掷

在时间的长河中　我们都是孤独的旅者

然而　我不惧怕孤独
因为我知道　只有这样
我才能看见真正的自己

在人生的舞台　我曾光辉万丈
也曾黯然失色　我曾被生活捧在手心
也曾被它无情地抛向深渊
但每一次　我都没有退缩　没有妥协
我选择了孤注一掷　选择了勇敢前行

在这人生的棋盘上　每个人都是孤独的棋手
我们无法预知未来　无法预见结果
然而
只要我们有决心　有勇气　有信念
我们就可以在这场人生的竞赛中
孤注一掷

看报　看边角

在铅字的海洋　隐匿于词语的深巷
看报　看边角　我在寻找生活的脉搏
那些被忽视的角落　等待诗笔的青睐
在边角的碎片中　我寻找你的身影

你是那道独特的风景　行走在报纸的边缘
在边角里　你捡起岁月的残片
你的目光如炬　照亮那些被遗忘的故事
在字里行间　我听到你的心跳如诗

你的笔在纸上跳跃　勾勒出生活的轮廓
在边角里　你绣出时光的纹理
你的诗篇如歌　唤醒那些沉睡的记忆
在字里行间　我看到你舞动的灵魂

在边角里　用现代而独特的语言
在边角里　你书写出人间的冷暖
你的情感如泉　涌动着无名的悲欢
在字里行间　我感受到你的情感激荡

看报　看边角　才是诗与生活的交织
在边角里　你寻找生命的意义
你的文字如梦　启迪那些寻求真理的心灵
在字里行间　我读懂了生命赞歌

花蕾

八月
我遇见了一枚精致的花蕾
那是一朵世间最纯洁的蓓蕾
沐浴着阳光　含苞待放

花蕾的微笑
如清晨的露珠
闪烁着晶莹的光芒
轻盈的眼神如梦如幻
让我沉醉在你的温柔乡

花蕾　是心房
承载着对爱和希望的思念
每一次的轻触和呼吸
都让我感到无比幸福和甜蜜

花蕾　是生命的奇迹
绽放着生命的力量和美丽
我愿陪伴你　一起走过人生的路
一起见证你的成长和辉煌

愿在往后余生的时光长河中
你永远绽放在我心田
而我将用我的诗篇
记录你的美丽和坚强

转身

转身离去的那一瞬间
空气中荡漾着无力的悲凉
那一刻　情感如狂潮翻涌
纵有万般不舍
却只能任凭风儿拂过

你的身影渐行渐远
我的心也随之而去
回忆如潮水般涌上心头
每一幕都如梦境
却又痛入骨髓

那曾陪伴我的温柔声音
如今已成绝唱
那曾陪伴我的温暖怀抱
如今已成虚妄

转身离去的那一瞬间
我的灵魂似乎已悄然离去
泪水滑落眼角
如同冬夜的流星
短暂却又明亮

你的离去让我明白

生命中有些东西
一旦失去便无法挽回
那一瞬间　我明白了疼痛
也明白了放手的意义

或许这是命运的安排
让我们在彼此最美好的时光中相遇
然后再在转身离去的那一瞬间
将我们永远地铭刻在心

尘埃落定

尘埃落定　岁月渐逝
繁华落尽　如梦无痕
曾经喧嚣　如今沉寂
风吹过　留下了孤独的痕

飘落的尘埃　像极了繁星
在宇宙的背景下　黯然失色
而我们　如同尘埃一般微小
在这辽阔的宇宙中　寻找着归宿

尘埃落定　生命如歌
起起落落　如梦如幻
我们都是旅人
在时间的长河中　寻找着意义

尘埃落定　世界依旧
太阳升起　照亮了大地
我们都是游子
在这广袤的宇宙中　寻找着价值

尘埃落定　心境宁静
繁华落尽　唯有真实
我们都是过客
在这无垠的宇宙中　寻找着真理

月光入怀

月光如水　静静洒下
在这个寂静的夜晚
柔和而静谧　宛如你的笑容

宝轮寺的钟声　轻轻回荡
如同世间的纷扰与喧嚣
在这一片月光中都找到了归宿

夜色中　你的眼眸
如同那月光的颜色
温柔而深邃　让人沉醉

月光入怀　远近皆安
这一刻的宁静　是如此美好
让人心生感激　为之动容

在这静谧的夜晚　月光如水
柔和静谧　让我们放下所有的疲惫
享受这片刻的安宁与美好

峰回路转

一轮悬挂在碧静星空下的皓月
见证了世间万物　在岁月的长河中静默而永恒

春秋轮回　风雪更迭　把生活涂装成风车的样子
迎风奔跑　永无止境

一遍遍重复　耳熟能详的故事　有什么
有薄凉　有酸朽　有温暖　有欢喜

不断临摹岁月流逝的形状　挣脱禁锢思想的枷锁
追逐自由的灵魂与会心的一笑

那是繁华与荒芜对峙后
依旧抽刀断水　跌跌撞撞　捶打着依旧

峰回路转　柳暗花明
若将岁月开成花　人生处处皆风景……

祈愿

双手合十　极目远眺
听闻振聋发聩的梵音
相遇经年
难忘情怀的纠缠
也曾身骑白马　转战八千里
如今把莲花指叠加成剪　捻一束格桑梅朵
久久伫立

在十字路口
守望似水流年
揽一缕人间苍烟　化一世尘缘迷离
旷野的清幽奏响生命的乐章……

添一勺酥油　焚一炉桑香
祈愿国泰民安
梵音　一声声　一节节
安之若素　万世千年

时光·煮酒·听雨

在时光流逝的转角
聆听袅袅凡尘　落雨声
那雨声　是人间的天籁
那雨滴　是滋润着心田的源泉
那雨珠　像指尖划过的琴弦
奏响清新悠扬的音符

煮一壶浊酒
让灵魂在陈年的醇香中
发酵回甘
让每一口香醇玉液
从舌尖弥漫到心田
让每一口甘甜
从指尖流向血液
沸腾的心跳
寄托着多少思念啊

煮酒听雨
沉醉在潇潇的雨雾中
抖落身上的疲惫和忧伤
让雨尽情地淋漓　笼罩　淹没
那个披荆斩棘满身尘埃的追风少年

茫茫兮水有多长　几节柔肠

渺渺兮雨云多伤　画船听雨眠
潇潇雨歇月沉江　微醉琥珀光
愿玉笛吹破人惆怅　冷雨葬过往

观电影《隐入尘烟》

半亩地的荒芜
却种下今生今世的温暖与幸福
手里攥着鸡蛋
咽下的却是生活的辛酸与命运的悲伤
炕头那幅唯一的照片是留存　是追忆
更是魂牵梦萦的执念

尘终究归尘　土终究归土
得偶一生　命运多舛所赐
不怨　不嗔　不怒　不惧
拍拍身上的灰尘　日子照旧
不过多了一些念想

善良与忠实
卑微与渴望
清晨日出的美　在于摆脱黑暗
活着的意义　在于在坎坷中看到希望

麦粒印刻的花朵　是那么简单迷人
无奈与孤独却一刻没有离开有铁的心房
轰然倒塌的土坯房
暴露了人性的弱点　贪婪与精明

一码归一码
隐入尘烟　再无波澜

月圆

纵然有天涯
抑或在海角
让目光所及的月亮　天涯海角共此时

苍穹之下悬挂着的那一轮明月
那皎洁的月光浸润着淡淡的相思
今夜的星空属于我们
被秋风羁绊的夜　忽明忽暗
繁星窃语　柳叶婆娑
似你的轻轻拥抱和亲吻
皓月当空
那是我们不同形式的守望
朦胧而无暇顾及那满天星光
今夜让我们把思念掩藏
伸手可摘的那一轮完美的月亮啊
光彩四溢　摇摇欲坠
似你蹁跹而来　落在我心上
恰如我酿的酒
却喝不醉我自己

撩人心弦的月色啊
你可曾知道
我多想留住你　那饱满而温馨的圆
漫步在你洒向人间的那一片银白
我明白　那是一份久违的久违

我不是诗人

我不是诗人　我只是一粒尘埃
却总想执一支素笔　写尽湖光山色

我不是诗人　我只是一滴小水珠
却总想跨越高山峡谷　写尽江河湖海

我不是诗人　我只是沧海之一粟
却总想用笔墨瞻仰你的高度

我不是诗人　我只是红尘中的过客
却总想用脚步丈量祖国的山山水水

我不是诗人　我只是一片落叶
在风的怀抱里尽情畅游　嬉戏

我不是诗人　我只是一条鱼
搁浅在岸边逗留　观赏
也许某一刻会与沙粒飞扬无迹

我不是诗人　我只是一朵小花
你的世界我来过　与香同醉
我曾用花香和绿叶温暖过世界

咀嚼时光

庆幸我还有儿时的深情
习惯在光阴里　干净地活着
寻找着矢志不渝的真诚　一米阳光
带来了多少光明
如期而至的　还有人间烟火的气息
一朵朵笑声　激昂地
度过了芳华

回眸
每一次等待　都是无语的眷恋
就那样不经意间　仗剑走天涯
一次次重逢　又一次次离别
都在春去秋来中写满了缱绻
恋上文字的糙汉子
注定一生在文字里行走
独行的时光里
伴着文字　轻舞天涯

篝火

漆黑的夜
火苗点亮了人间的暗处

火苗蹿升　仿佛拨弄着生命的乐趣
快乐的火星　迎着风　跌下来蹿上去

火焰越燃越旺　火星乐此不疲地飞扬
星星之火呈现了最美的姿态

注视着这堆熊熊篝火　竟然潸然泪下
曾经熟悉的音容　在烈火中永生
漫天窜燃的火星　在黑暗中尽情舞蹈

乡愁·念

信鸽不知疲惫地翻山越岭　只为遇见　相思成灾的游子
惊鸿一瞥的感慨　唯有留给心里默念千万次的故乡
悄悄地抖搂出裹在衣襟里的锦囊

眼前的一切依旧那么温暖
哪怕阔别已久
西瓜的甜　也甜不过亲人的爱
而如今　只能仰天长啸　自生悲怜

念曾与您在一起相处的美好时光
来不及道别　却被薄凉的时光遗忘
谁知那一次的深情相拥　就算告别
澎湃的乡愁　汹涌如潮　扑面而来……

乡愁·思

繁华落尽　喧嚣过后的余温尚存
手里攥着的火把　把天边的云彩映得通红
村落里的袅袅炊烟　点缀了生活的滋味
故乡的傍晚　依旧暖暖柔柔的
空旷的田野　把乡愁铺成满地金黄
蝉鸣蛙声把我叫醒　又是一年夏天
时间把乡愁捻成了茶　越品越浓
柳絮淹没我对村落的眺望　柳絮是故意的吧　还是风的密谋
故乡　早已物是人非　相逢何必曾相识

在霞光云影里沉思

伫立在山谷的霞光云影里
把绵长的岁月赋成悠悠的诗意
把皓月吟成宋词里婉约的凄美
在云影之上划舟　才知自己灵魂的纤瘦
还有多少个十年　痴笺可以承载缠绵

几度春秋　几回花开花落
我的笔墨是否也会渐渐泛凉
谁还会　叩响我沉睡经年的神话
谁还会　为我奏一曲荡气回肠的心声

五月的柳丝飞舞　缥缈了风的清幽
今夜的流星婆娑　蝶语风靡了静夜
谁是你的守望　谁能读懂你的惆怅
如果有来生　一定要做一个无情人

忘却所有的执念
将三生石上的誓言永远埋藏
这样　是否就能再无留恋

夜阑　梦影倚花相缱绻
淡若烟岚　你的影子在梦里遥望
揽一怀温柔　将婉约吟成满纸风情
捻三分月色　酿成一盏花灯

飞渡千年尘烟　　与你醉卧在
今夜的霞光云影里
与昙花间……

风铃

叮叮当当的风铃　清脆悦耳
是风的召唤　还是你的祝福
直击内心深处　净化行走的灵魂

我把慈悲　系在了这串风铃上
是铃摇曳了风　还是风摆渡了铃
每一声脆响　从远到近　又从近到远
重重叠叠忽近忽远由耳击心

风欲把浮尘万千繁华　倾诉给铃听
谁承想铃却把风刻在了肋骨上
铃把所有的柔情悄悄地告诉风
纵然有一天肋骨腐朽了　风依然是它的皈依

铃不曾体会风的寂寞
可是风却一直守护着铃　久久不忍离去
今夜期盼风来守护着这串铃
聆听那纯色的旋律
愿铃响起的时候　让风抖落你一身疲惫的尘埃

今夜的月光

今夜的月亮
悬挂在驻守的第二故乡
散发温暖而充满魅力的光
抚慰着游子心中的忧伤

今夜的月光
照耀着我笃定前行的脚步
让沸腾的青春永远绽放
激情的光芒

今夜的月光
倾洒亿万里　让我抬头遥望
却触摸不到思念的爹娘的脸庞
心被撕疼
牵挂在千里之外

今夜的月光
隔断山高水长　久别的惆怅
在这月光揽绘的画卷里
是谁　拨动心灵深处的古筝
弹奏着一曲悠扬
蜿蜒的小径　盘旋在我心上

今夜的月光

把乡愁倒映在　嘉陵江面的碧波
离别愁绪　犹如波涛汹涌而来
巍峨耸立的歌乐山洒满月光
我的思念伴随着月光疯长

今夜的月光
轻轻柔柔　如你婀娜的长袖
款款深情　又如你妩媚的容颜

你在山巅　在树梢　在金顶……
你在每一个挚爱的人的心海中　被点亮

一念如初见

曾经的梦想
早已被鸟儿衔到了天边
不曾想过
转身已是漫天尘埃
一如晚风送走了彩霞

春花秋月
手心的温暖已随流水
不再复返
一世的牵挂
还在梦中前行
漫过雪山冰川的思念
在脸上刻着一道道岁月

再闻格桑花的花香
已成往事烟云
相思在指尖流淌
却也想随风而去
玛吉阿米[1]
再无久久为盼的牵挂

可窗外飘曳的经幡

---

[1] 玛吉阿米：藏语"纯洁的女子"，传说是诗人仓央嘉措情人的名字。

注定消散在浅醉的诗行里
期待拉萨黎明的曙光
一念如花开
一念如初见

风雨里　你就是我的诗和远方

时光把璀璨　撒在我青春的路上
携手风霜　任色彩风干了忧伤

岁月给时光　穿上一件缤纷的衣衫
守候容颜　看落花飘醉了芳香

我独自一人　行走在人生的旅途
踏芳而行　去追寻梦中的远方

远方把歌声　轻柔落满我的诗行
温暖双眸　令思绪涌动着飞扬

我在你的歌声里　你在我的诗中
浪漫如花　美得一点都不慌张

我从歌中走向远方　你从远方走进诗里
淡若清风　低调得如此惊艳

许多人说　生活不只眼前的苟且　还有诗和远方
风里雨里　你就是我的诗和远方

波光洗星辰

在初秋的夜晚　波光洗星辰
清波荡漾　揉碎了一片月光
波光　细水长流
把满天星辰　洗得发亮

波光粼粼　星星点点
柔和而清亮　如同梦幻一般
波光　把夜色打扮
让这个夜晚　更加灿烂

波光洗过的星辰　更加耀眼
点缀着这片夜空　美丽动人
波光　细水长流
把夜空照亮　让我的心也跟着温柔

茶煮时光

秋野山林的月光倒映在茶皿中
在那沁人心脾的茶香中聆风悠然
时光在这一刻变得缓慢
犹如茶叶在水中轻轻地舒展

轻捻茶叶　细煮时光
任岁月在指尖悄然流淌
茶香醇厚　时光绵长
心随茶叶沉醉在静谧之中

茶如人生　多彩又无常
品味着苦涩与香甜
生活如茶　需经历沸水的洗礼
才能散发淡雅的清香

茶煮时光　我陶醉其中
感受岁月的沉淀与洗礼
在这宁静的时光里
我找到了自己　也找到了你

一起轻煮时光
品味这世间最美的馨香
在茶香中　我们共同沉醉
让心灵在这静谧中自由飞翔

烟火中的红尘

烟火中的红尘　向大自然借住一宿
纷繁世界　如梦如幻　心如止水

缥缈的烟　燃烧的火　相拥着舞
与天共醉　在这一瞬　勾勒灵魂的弧度

尘世的喧嚣　在这刹那寂静
风带走故事　雨洗尽铅华

借住一宿　与大地同眠
仰望星辰　倾听风的旋律

微光折射　尘世的烟火
在大自然中　寻找归宿的角落

借住一宿　不再是过客
而是成为大自然的一部分　永恒的一抹

在烟火中觉醒　感受大自然的温度
借住一宿　成为生命的诗篇
感恩这刹那的拥有　与时光共舞
烟火中的红尘　向大自然借住一宿

娘恩

在五彩斑斓的烛光中
我凝望着岁月的痕迹
心中涌起无尽的感激
献给我亲爱的娘

娘　您是我生命的源泉
在那艰辛的岁月里
您用爱与坚韧
孕育了我

您默默承受痛苦与劳累
只为给予我温暖的怀抱
您的微笑是我最美的阳光
照亮了我成长的道路

娘　您是无尽的温柔
您的教诲如明灯指引
让我远离迷茫与彷徨
走向坚实的人生

岁月悄然流逝
您的容颜已渐显沧桑
但您的爱依然浓烈
如同那永恒的太阳

在这特别的日子里
我要深情地对您说
感谢您　我的娘
愿您幸福安康　长寿无疆

思念母亲

生日之际的瞬间
对母亲的思念如决堤之洪
汹涌而至　占据我全部心灵
在这孤寂的山谷间疯狂涌动

母亲　您在他乡是否也在念儿
我在此刻　遥望夜空
脑海中满是您的身影
您的温暖一直伴我前行

您的关怀　是我生命的阳光
您的鼓励　是我前行的动力
如今我虽在远方戍边卫国
对您的思念却越发深长

岁月流逝　时光无情奔流
我永远铭记您的温柔
那是我此生最宝贵的财富
无论何时都在心中坚守

母亲　我是如此深深地思念您
在这特殊的日子里
让清风送去我的呼唤
愿您快乐无忧　健康长寿

心曲

于这特别之日里
心情仿若明丽阳光
花儿亦较平素更显娇俏

内心深处的念想
恰似一朵绽放之花
宁谧而又曼妙

活于当下
体悟生命中每一瞬的美妙
不再追索身外之羁绊

随遇而安
品味生活的点点滴滴
让心灵于宁静中翱翔

艳阳高照下的奇花在风中摇曳
映照着行者浅笑的面庞
值此一刻　体味着人间值得

岁月悠悠　心境安然
愿此份美好　恒久伴随众生
于人生之旅径持续前行

风筝

风筝
忘记了逆风而上的艰难
只是为追寻风的方向
逆流而上　盘旋苍穹
只为前世今生的约定　穿越时空来看你
翱翔天际　却不忘牵线人
你眷念碧空　却只为了倾诉
前世未来得及说的情话……

风筝
忘记了自己身躯单薄
弄潮于风的港湾
何惧风雨　展翅翱翔
只为遇见最美的彩虹　与你共赴一程
迎接风　只为与风跳一曲探戈
尽情释放自己破茧成蝶

雪柳花开了

从苦难中走来
历经沧桑与忧伤
磨难后的重生
何惧风霜
纤细的腰身　高挑的身姿
依然挺拔威严

枝头的芽朵　尽展顽强生命的力量
你独有的张力　竟把双腿插在冰水中
依然鹤立　群雄温情如滔滔的细梢

苦苦地等待　慢慢地裂变
终究破茧成蝶　像火焰似的燃烧生长
盛开的朵朵白花　像片片雪花
在纤细枝条上　尽情绽放溢香

怒放的朵朵白花　像芭蕾舞王子
在这个冬天里　尽情地舞蹈
玲珑可爱而精致
像极了你清澈的眼眸

簇拥的雪柳　像伫立风雪中的哨兵
绽放着生命的光芒
与雪柳对视的瞬间
聆听她的歌唱

后记

　　每到五月，我都异常想念心中的"玛吉阿米"。日喀则定日县和定结县的交界处，羊卓雍错湖还未融冰的时候，我的想念就在那里等待。"都等不到冰雪尽融的时候，就放一把火把雪都烧了，烧成另一个春天！"

　　我曾驻守边关 7366 天。那里有雅鲁藏布江，有庄严肃穆的高原界碑，有扎囊沙漠，还有那常常失约的"撒哈拉"雪花。那里人烟稀少，却是个永远让人感到幸福的地方。

　　诗歌就像我曾经驻守的高原边关，没有多少人，却充满了幸福。

　　我是一个热爱生活的人。与许许多多热爱生活的诗人一样，我在生活的细微处寻找着，追逐着，寻找着对世界的理解，追逐着对自我存在的证明。我用语言、用图像、用声音、用情感，去描绘、去表达、去释放。

　　在人生中，现代诗歌作为一种最直接、最纯粹的表达方式，一直吸引着我。这本名为《青春诗迹》的现代诗歌集，是我对生活、对情感、对自然的一次深度解读。每一首诗都是我的精神火花，在我的生活中燃烧，是我内心深处的呼喊与低语。我希望通过这些现代诗歌，传达我对世界的热爱、对生活的理解、对自我情感的表达。在《青春诗迹》这本现代诗歌集中，您会看到我如何用诗意的语言去描绘生活。我在诗集中描绘了初升的太阳，描绘了落日的余晖，描绘了夜晚的星空和春天的花朵，也描绘了秋天的落叶和黄昏夜晚小虫子的歌声。我试图通过这些描绘，去捕捉生活的韵律，去感受时间的流转。也试图用诗歌的语言，去讲述我的故事，去分享我的感受。同时，我也想用诗歌去表达我对世界和生活的思考。在诗集中，我思考了生命的意义，思考了人存在的价值，也思考了人性的复杂和感情的多元。我试图通过这些思考，去理解世界，去理解自我。我试图用诗歌的语言去表达我的观点，去提出我的疑问。我的心像一个孩童，简练的语言是对狭小世界的思索。直到我厌倦了童年，开始追寻生命的意义、存在的价值、人性的复杂、情感的多元。当热烈归于平静，我不再试图通过思考去理解世界，而是身体力行，在孤寂中寻找永恒。

应该说，《青春诗迹》是我对生活和情感的一次深情告白。我希望通过这些诗歌，让更多的人看到生活的美好，让更多的人去感受到生活的韵律。我希望通过这些诗歌，让更多的人理解我的思考，理解人们共性的情感。我希望通过这些诗歌，让更多的人明白，我们都是这个世界的一部分，都在以自己的方式，热爱着生活，热爱着世界，热爱生命的起伏与撼动。最后，让我感谢每一位阅读《青春诗迹》的读者。谢谢你们花时间阅读我这些仍显稚嫩的文字。在遇到你之前，我的《青春诗迹》走了很长很长的路。你们对这部诗集的欣赏或者批评，对我来说，都是鼓舞，我将永远心存感激。当然，我也非常希望，这部薄薄的诗集，能够让你从中找到一些共鸣，寻到一缕光亮，那我将十分欣慰。在这里，灵魂得以安放，诗歌相拥纸上；在这里，让我举起右手，在心灵的深处，用心向你致以深深的、崇高的敬意！相信，青春，为你哗然。相信，循此苦旅，以达繁星。这既是祝福，亦是永不停息的青春信仰……

许江

2024 年 9 月